愛敬浩一詩集

Aikyo Koichi

新・日本現代詩文庫

149

土曜美術社出版販売

新・日本現代詩文庫　149　愛敬浩一詩集　目次

詩篇

詩集『それは阿Qだと石毛拓郎が言う』（二〇一八年）抄

それは阿Qだと石毛拓郎が言う

田中絹代が歩いている

詩篇

詩集『しらすおろし』（一九八六年）抄

しらすおろし

横にではなく
縦にだったね
摺るのはいつもぼくの役目だった
辛くするといけない
寝ころんでいてはダメだ
食べてすぐ寝ころんだら〈牛になる〉という
あたたかい
ごはんのような注意
よくされたもんだと思い出しながらいつもの朝食
醤油をかけるのは
正しくない
と関西生まれで今年七〇歳の竹花さんがいつも言
　っていたが
関東には関東
の流儀
納豆大好きの
ベタベタの
少し古いけど
関東流れ者
東映の
良識はない様式
殴り込みの今戸橋
藤純子が差し掛けてくれる傘
ふと
ふところからころげた蜜柑が
雪の道に
ころげて行く
その酸っぱさは
ふりかえっているから？

ふりかかる雪を払い
ふりかけにたよることなく
雪道に
雪ふりかかり
小魚たちが泳いで行くよ

満月ですね

満月ですね
とひと声かけたまま飛び去るあなた
うしろ姿　するり
取り残されている
なんの比喩だろうか
そろそろ退勤の時間
そわそわするような用事もないが
あんまりがんばるのもどういうものか

目立たないように
門を出たいものだ
仕草が暗かろうと
特別にあれこれと言われたくない
一日の終わりに
元気が好過ぎるのもちょっと

目立たないように
かすみにでもまぎれて消えるのもいい
まず形状について
続いて色彩
文化的な考察
過去の文学作品
最近の流行語
考えなければならないことが
ぐちゃぐちゃ
してくる

やがて　地上に浮かびあがるように顔をあげると
住宅密集地の　もう影になった屋根のすぐ上に
なんだか落ちる途中の
熟れた柿のような
本当に
満月ですね

声

声
かけてくれたね
舟に乗る手前でこちらから
かけようと思っていたんだ
声
呼吸も合っていたし
合わせようとしていたから

声
ちょっと上擦っていた
そこのところが
うれしい
声
かけられるのって本当は難しい
声
かける方がかんたん
河が
泣きはじめちゃったら
声
かけてもとどかない
河が泣いたら空も泣く
心がどきどき
うしろ姿ばかり見ている
声
かけようとして

ひと呼吸の半分の手前　河が息ついでいたそのと
　き
声
かけてくれたね
ことばよりも
その
声

詩集『夏が過ぎるまで』（二〇〇六年）抄

朝の水やり

紫陽花が
今年も花を咲かせることのないまま
六月が過ぎていく
葉ばかりを茂らせて
いつまでも
葉ばかりを茂らせて
薔薇は放ってあるのに
よく咲く
ミソハギも順調
葡萄の蔓があらぬ方向へ伸びていくが
父が人の心を読むように
「葡萄を植えたんか」と言った時は

返事のしようもなかった
子供の頃の思い出に逆らいようもないではないか
万年青（おもと）が枯れかけていたが
隣りの木の枝をおとしたら
なんとか元気になった
サボテンの黄色い花は
六月初めの冷たい雨で
ついに蕾のまま枯れた
朝、出がけに水をやりながら
すべて
私の詩のように
思いつくまま
投げ出されているのに
けなげなことだと思ったり
時々
リンデン（ワシントン州）の
昔、ホームステイをしていた家の庭のことまで思い出したりして
あわてて
通勤の車に乗り込む

連取（つなとり）本町

引越しをして来た頃から
周辺に家や店が建ち始め
新しい小学校や公園までつくられていくのを
見ているのは
チャペックも言う通り
楽しい
三、四年前
大雪が降ったとき歩いた
市民病院の前は
もうすっかり舗装されてしまった

私の思いの中で思い描いたスピードよりも
少しだけ早く
すべてが進行していく
少しずつ
置いていかれるように
昔のことがなつかしくなり
今ではずっと昔のことばかりが思い出され
年を取るということはこういうことだったかと
月並に
頭をひねった朝は
まるで私の詩の現在のような朝で
公園の清掃にいかなければならない朝でもあり
ああ、これは昔
父が出かけていった〝道普請〟と同じだ
と思い返され
〝道普請〟という言葉が
頭の中に大きく浮かびあがった

吉凶の四つ角

冷たい朝の空気の向こう側に
山が真近に見える
こんなにも近かったのかと思うほどに迫ってくる
真っ直ぐな道の真正面に
雪を被った山々が
まるで壁のように
屹立している
もっと見ていたいと思ったところで道は右側にカ
　ーブし
道路沿いの駒形商店街によって
山は隠されてしまう
後続の車もあるのだから
そうのんきに走るわけにもいかない
蔵元の先の

十字路では
右折のため長い車列が出来ている
いつものことだ
いつものことだが
吉凶を占う場所はここだ
やっと四つ角を曲がったところで
今日の運命は尽きている
蔵元の酒「古代王国」の看板の中の人々が
影のように
バックミラーに映った

古代エジプトの絵のような

今日の双子座の運勢は
最悪だった
とりあえず
ラッキーカラーの青のネクタイを締めて
出かけた
先週のある日のラッキーカラーは黄色で
黄色のワイシャツも
黄色のネクタイも
黄色のハンカチも持っていなくて
困って
ちょっとだけ
黄色を使っているネクタイを
やっと捜し出し
なんとか出かけた
オレンジ色という日もあって
涙が出そうになったこともある
せめて〝方違(かたたがえ)〟でもして行こうかとも思ったが
時間がないので
真っ直ぐ急いで行ったら
いつもより早く職場に着いて

そう言えば
あの日のパンツには
オレンジ色が使ってあって
古代エジプトの
インチキな絵の派手な模様で
あれが
よかったのかもしれない

六月の一番暑い日

日が沈んで
ちょっぴり夕立が降っても
部屋の中は暑い
汗が吹き出る
夜の音が聞こえる
遠くを走るバイクが
さらに遠くへと駆けぬけて行く
昨日、読み終わった『毛沢東秘録（上）』の最後
　のあたりでは
劉少奇の遺言通り
妻の王光美や子どもたちによって
小雨の中
遺灰が海にまかれた
非業の死から十二年後のことだ
汨羅（べきら）の淵はどこにでもあるということは
通勤の朝には
思いつかないことだ
私の中の荒野
何も考えない一日
切れ目のない仕事もいつの間にか終わり
六月の一番暑い日も
まちがいなく
終わりに近づいている

月曜日の朝

いつものように
四つ角を曲がると片側二車線になるので
アクセルを踏み
一気に加速する
ファミマを過ぎ
餃子の王将を過ぎ
日通を過ぎると
たぶんそこからが現実だ
まるで水の中から水面に出た時のように
もう景色は揺らぐことはない
後はただ具体的に処理すべきものを処理していく
　だけのことだ
仕事は仕事
晴れても曇っても

雨でもなんでもやるしかない
雨が降った翌日の若葉が風を受けている
いつまでも見ていたい風景だ
一瞬の内に流れる景色を見ながらあれこれ考えて
　はみたが
やはり永遠などというものはないと思う
繰り返しもない
反復しない
ただ一回限りの時間が流れるだけのことだ
世界はいつも小さな破滅と小さな生成とを繰り返
　している
なんだこりゃあ
方丈記の冒頭の一文みたいじゃないか
――川を渡ると遠くに職場のある街が見えてくる
そうそう『月曜日のユカ』という映画を
昔、名画座で見たな
いい映画だったという思いだけは残っているが

ストーリーは全く思い出さない
記憶は橋の下を川のように白く流れる
それにしても
あの時の
加賀まりこはかわいかったな

旅その他

いつもの
あたりまえの朝
高崎の市内に入ったところの信号で
いつものように〝赤〟になった
進行方向左側の歩道を
盛夏なのに
冬物のコートをはおり
荷物とカサを持った男が
半歩ずつ
歩いているのが見える
ここの信号は割合い長い
男のコートも荷物もカサも
かぶっている帽子にも
色と呼べるものはなく
土ぼこりそのもののような色で
そう思って見なければ視界には入らなかったかも
　しれない
車のクーラーを入れるほどの暑さだが
そんな日も
確かに身体が寒いということはあるな
と思いながら
たぶん半年に三、四回は見かける男だ
と考え
同一人物ではないかもしれない
と思い直し

目で追う
前の時と同じように半歩ずつ
前の時と同じように厚着で
歩いている
どこへ向かっているのか
前橋までなら二〇キロはないが
方向からすると伊勢崎か
まさか太田まで行こうというわけではないだろう
丸谷才一の『笹まくら』という小説が頭に浮かび
あれこれ考え始めようとしたところで
信号が変わり
私はギヤを入れた

いつもの四つ角

詩なんていつでもいくらでも書いてみせるすべてば通勤の朝の道疲れ果てた帰り道に転がっているそこから拾ってくるだけのことだただできれば昼間の最も集中できる時間帯の二時間がほしい静かな部屋やや大きめの机があり禁煙ではなく飲み物付きで椅子はもちろん固めでできれば学校でよく使われている木製のものがいい飛行機なんか飛んでいる様子が見えたりしたらなおいい大きな窓じゃなけりゃいけないもっともあまりまぶしい席はいやだ暑い日はだめだな雪をみながら書くのもいいかもしれないいやいややっぱり秋がいい過去の日のあれこれが思い出されて記憶が落ち葉のように窓の外を舞っているそこには詩があるはずだだが時間がない今日もいつもの四つ角の信号でつかまり左側の歩道にはいつもの長身の中年男が歩いてくる彼と私はほぼ毎日すれ違うのだがついに出会うことはない

スプーン

映画『ギター弾きの恋』の
なんと言ったか
名前は忘れてしまったが、その主人公が
最後に
ギターを叩き壊して
「俺の人生は失敗だった」と
頭を抱え込むのだ
その場面を頭の中に思い浮かべながら
休日出勤の
ほとんど誰もいない職場で
窓の外を見ている
六月の木々の葉が
風があることを知らせ
光りをきらめかせ
遠くの人の声が鳥の声のように聞こえ
本当の鳥の声まで聞こえる
午後にはだいぶ暑くなりそうだが
今はまだ――

たぶん臆病過ぎたのだ
あのギター弾きは

たぶん『山月記』の虎のようだったのだ
あのギター弾きは

たぶん自分の才能に対して
あのギター弾きは

「スプーンなんてない」
これは映画『マトリックス』の中の台詞だ
主人公はそう呟いて

戦いに向かう

芝刈り

思い立って
芝を刈った秋の日
まるで私の詩のように
放りっぱなしの庭を
しだいに引いていく汗と暮れて行く日の中で
ながめた。
まだ灌頂という言葉を
夢の中で聞いたカンジョウという発音を
なでまわしている
ただただ庭をながめながら。
決して育てたのではなく
それぞれが自らの力で生い茂ったものたち
どれが雑草で
どれが私の植えたものたちなのか。
もう何年も前
ホームステイ先のリンデン（ワシントン州）で
夏の夕暮れ
広い庭をいつまでもながめ続けたことがあった。
ＴＶを見ても日本のニュースなど全くなかった。
ただただ庭を見続けた
私の詩など
そもそもこの世にないもののように思われ
ただただ庭を見続けた
ホームステイ先のママが
一時間以上かけて
芝を刈り
水をやった庭を。

くちびるで

爪を見る
なにかを考えるために
いや、なにも考えないために
爪を見る
爪を見ている
いやいや
なにも見ていない
爪を見る
なにかを見ないために
爪を見る
たぶんその時は座っている時だ
周りに気になる数人がいるか
もしくは、だれもいない時だ
小指ではないから
そこに思い出はない
朝になる手前の
空のように
まだ、なにごとも始まってはいない
その色
いや、そうではなく
ありとあることを回避するための
ほどよい勁さを
今
くちびるで確かめているところだ

夢

苦痛にひきずられただけだったのに
まるでそれを自らの意志のように感じていた
確信さえ持って。

理由は石ころのようにころがっている
あなたの足もとにも。
なにか暑いような気がして
窓をあけた
でもそれは本当に私の意志だったのか。
発情を
発熱を
回避するために
一つ覚えの方法で。
あっしには関わりのないことで（中村敦夫）
珠盤（そろばん）ぐらいは弾く。
ごめんない（中村錦之助）
遊侠一匹
木枯しの中を行くと
ひとをころすぐらいの夢はみる。

いつもの羊

ぐったりと疲れている自分にやっと気づいた頃に
夕暮れはやってくる
夕食を食べ終えると
もう息をするのも
きついぐらいの疲れが
目に見えるくらいになっている
汨羅（べきら）の淵で
私は汗をふく
煙草に火をつける
呼吸をととのえる
振り返ると
いつもの羊
泡立つ羊が
やってくる

わたつみわたつみわたつみ
しだいに暗くなっていく
草原の中を
わたつみわたつみわたつみ
わたつみわたつみわたつみ
ふくれあがるように
わたつみわたつみわたつみ
わたつみわたつみわたつみ
わたつみわたつみわたつみ
泡立つ羊が押し寄せてくる
わたつみわたつみわたつみ
わたつみわたつみわたつみ
わたつみわたつみわたつみ
わたつみわたつみわたつみ

錨

いくら遊んでも遊びきれなかった
秋の田んぼを駆けまわった

夕方の
空の下

時間は限りなく
世界は果てしなく

しだいに暗くなっていく中
どこからかカレーの匂いが流れてくる

泣きながら
意地になって遊ぶ

真っ暗になっても
キャッチボールをしている

ボールを
顔にぶつけたりしながら

「メシだぞう――」という父の声で家まで走る
天神山が切り絵みたいに黒々としている

野球のボールのことなんか忘れて帰った
友達のことも

ミルキィウェイ

眠るしかない日もある

起きるしかない朝があるように

言い争うしかない日もある
告白した一日があるように

自らを支えられないほどの喜びの日があるように
自らの過失について許しを乞う日よ

すべては自ら背負うしかないと
いやというほど思い知らされる日々よ

日々の飛沫（ひまつ）よ

マニラロープ

マニラロープのように

強い匂ひを放ち
まるで生きものそのままに
のたうち
私の方へ
私の方へと伸びてくるハイウェイ
地上には激しい風
天上には
ポスターの青が広がり
薄っぺらな白い雲
生きているものと死んでしまったものの
無限の交錯
私たちから飛び去っていくハイウェイ

休日のドライブ
休日の長い長い一行の詩
生と死に波をたてながら

水道橋のホテルにて

夜明けはべりぬ
だから　もう眠らなければならない

夜明けはべりぬ
それなのに薄っぺらな悩みばかり深くて

夜明けはべりぬ
須磨の光源氏はまだ部屋へは行かない

夜明けはべりぬ
ローマで目覚めた朝もあった

夜明けはべりぬ
ここからは波の音さえ聞こえない

ハイウェイ

かつて在ったものの滴りが
じれったいほどの
かゆみのように
たなびいたのである
豊旗雲よ
いやいや
そこはただのハイウェイ
しらじらと横たわるハイウェイ
エンジンの音ばかりが響いて
過ぎてゆくだけのこと
私の髪の上を
私の皮膚の上を
ふるわせながら
私を揺さぶり
私を起こすのか
メロディにさえなって
目をつむると
キラキラと
じれったいほどのハイウェイ
かゆみのようなハイウェイ
まるで書庫の奥で埃をかぶっている詩集の中の
誰にも思い出されることのない長い長い一行のよ
　うな——
いっさいを捨てるつもりだったのに
捨てられるものしか捨てなかったから
笑っていい
さても心や
笑っていい
くりかえし
くりかえし
波はかえす

泡立つ不在
やっとここまでは来たものの
泡立つ波の中で
くるくる
くるくる
やっぱり　くるくる
踊りを踊っている

詩はいづみちゃん先輩から湧く

詩はいづみちゃん先輩から湧く
いづみちゃん先輩が
B棟の脇からC棟へ踵を返して
スカートがふわりとしたところに湧いてくる
ああ　それは詩以外のなんだというのだ
大学生の私がそれを見ていて
ああ　あれが噂のいづみちゃん先輩なのだと思うのは至極当然のことにちがいない

ある日
やっと口を利くことのできたいづみちゃん先輩が
これは私がモデルをやっているのよ
という化粧品の箱の写真の女性はまったく別人のようでいて
それでもどうみても確かにいづみちゃん先輩だったが
あの化粧品はどこのメーカーの
なんという化粧品であったのか
そういうことに詳しい人に聞きたいと思ったということは
やっぱり詩である
中身なんかいらないのだ
箱だ箱だ

その箱がほしかった
その写真がほしかったのだ
その化粧品の名前が頭に入らないので
カタカナと横文字はどうあがいても
私の頭に入らない入らない入らないので
化粧品売り場をぐるぐるぐるぐるまわって
ワンと吠えたいくらいに歩いたけれど
それはただ歩いただけのことで
いづみちゃん先輩はいつでもほんの一歩か二歩先
　を歩いているので今になっても
追いつくことができないので
それは詩だ

詩はいづみちゃん先輩から湧く
とくとく透明なものが盛り上がり
光りがきらめくので詩だ
子供が大人への入口でびっくりしたり
大人が子供の考えに驚いたりするのは詩ではなく
いづみちゃん先輩がスカートをふわりとさせると
　ころに詩があるんだぜ
おお　それが宇宙の風でなくてなんだというのだ
あれから　その風は何十年と吹き続けているのだ
から
それは詩だ

人買ひ舟（閑吟集・一三一番歌）

人買ひ舟は沖をこぐ、
人買ひ舟が沖をこぐ、
人買ひ舟も沖をこぐ、
　漁のための舟がそこに、もう一艘あったわけ
でもなく、ただの客観描写でもないのだから、
それは、「も」や「が」ではなく、やはり「は」

であるべきであろう。「は』は副助詞で、主題を提示し、強調する。「人買ひ舟」は、その当時のよく知られたものだったのであろう。たぶん銭の流通とともに、人が銭になるという新しい発見。

人買ひ舟は沖をこぐ、

未練を断ち切るように鋭角に岸から離れ、人生の苛酷さそのもののような沖へ。琵琶湖の真ん中を突っ切って、北岸の梅津へでも向かったか。船頭だって好きでしている仕事でもあるまい。全力で漕ぐのは決して彼が冷酷なためばかりではないだろう。嫌な仕事は早く片付けたいものだ。

人買ひ舟は沖をこぐ、

この前半と

とても売らるゝ身を、たゞ静かにこげよ、船頭殿。

という後半は、どういうわけか、滑らかに繋がっていない。後に『吉原はやり小歌総まくり』などでは、「人買ひ舟かうらめしや」というように変化しているのは当然である。前半も後半も同じ女性からの視点と考えれば、その方が自然であろう。初めから女は「うらめしや」と気持ちを表明する。しかし、そんな風にベタに繋がってしまうと、なんとも通俗に聞こえる。閑吟集歌の、前半と後半の軽い段差に、軽くはない転換が感じられる。閑吟集歌の場合は、「よく『人買ひ舟は沖をこぐ』と唄われていますが」と言っているのではないだろうか。話にも聞いたし、ひょっとすると実際に見たことさえあったかもしれない。唄われるほどに有名なことだった。まあ、そういう一般論は承知しているが、――というところで、ひと呼吸があるのではないだろうか、深い深い一瞬の沈黙。

その「が」の彼方に
ようやく自分自身を見出す
売られて行く自分の
運命
主人公である自分
「たゞ静かにこげよ、船頭殿。」
と、その人は
すっきりと言うのだ
季節はいつなのだろう
時刻はいつ頃だろう

朝霧の中
今
漕ぎ始めた舟……

詩集『母の魔法』(二〇一五年)抄

赤城山

北側には赤城山がある
通勤の車の中からそれを感じる
特に見ようとは思わない
ただ、ひたすら走る
気持ちにゆとりのない時が多い
時に、赤城を見ることもあるとはいえ
何をあくせく
ほぼ時間通りに
朝は、東から西へ
夕暮れ時は、西から東へ
行ったり
来たり

何をしているのか
赤城山から見れば
米粒のような
私の車が
今日も同じように走っている
それでも五月だから
どこか五月のような走り方だ
私の誕生月、五月よ

カキツバタ

カキツバタは
気をつけて見ても
ついにそれがアヤメか
ハナショウブか
ただの素人には全く分からない

かの在原業平が
京を離れ
辛い旅の途中
遥か彼方のふるさとをしのび
ため息を吐いた時の歌は余りにも有名だ
〈から衣
きつつなれにし
つましあれば
はるばる来ぬる
たびをしぞ思ふ〉
川場村の吉祥寺では
今日あたり咲き始めるだろうか
ツボサンゴやクリンソウなども咲くらしい
バイクでも走らせようか
ただ一瞬の美しさを見るために

母の魔法

遥か昔の
そろそろ暑くなり始めた頃のことだ
小学生の私は友だちと
遊びにでも出掛けるということだったのか
汗でもかいたのか
干し竿からシャツを取り
そのまま着ようとした時
母がさっと
私の手からそのシャツを奪い取り
さささっと畳み
「さあ出来上がり」とでもいうように
ぽんと叩いてから
笑顔で私に差し出した
すぐ着る訳だから
特に畳む必要もないと思ったが
母は
まるで魔法でもかけるように
シャツを畳んだのだ
たぶん私はその時
何か、とても大切なことを学んだのだと思う

オオマツヨイグサ

新聞で見て
その場所へ行ったのだ
わざわざ地図まで付いていて
（広瀬川竜宮橋付近の土手の略図）
たまたま家の近くだったので
夕方、そこへ向かった
川の堤の

サイクリングロードを行ったり来たり
何も咲いてない
さぞかし不審な顔をしていたのだろう
近所の方が
「もう少しですよ」と声をかけてくれた
もう少しで暗くなる
そのあわいに
花はふんわりと
灯りが点るように
淡い黄色の花を咲かせた
私の人生の夕刻も遠くに見えて来たが
その時
こんな花が咲いてくれるだろうか

裏榛名

たぶん中学二年生の
国語の授業で
市川先生が短歌の授業をした時のことだ
教室の窓からは
青々とした榛名がちょこっと見えていた
まだ中学生の私がつくった
短歌の中の「榛名山」ということばを
歌人である先生は
「裏榛名」と添削した上で
「こうすると、君の位置が分かる」
とおっしゃった
「なるほど」と思ったが
同時に
「裏」ということばに私は傷付いた

裏と表
世界の中心は
一瞬の内に彼方へ飛び去った
子供から大人へ
変わっていった自分が
今なら見える

ハス

ハスは「蜂巣」の略なのだそうだ
実の入った花床には
たくさんの穴があいていて
「蜂の巣」に似ているから
そう呼ばれたという
そう言われると
何だか
ちょっと、がっかりする
花が忘れられていないか、ということだ
何年か前
朝早く
天幕城趾あかぼり園へ
ハスを見に行ったことがある
透明感のあるピンクや白のハスを見て
道沿いに歩いて行くと
ハスの群生は細長く続き
角を曲がったところで
さらに、意外な広がりを示した
この涼やかさを
何かにたとえる必要はない

昼間のニュース

「夏は夜」
というのは
清少納言が「枕草子」で
書いた言葉だが
暑い一日の後に
ようやく
やって来た
「夜」を迎えると
確かに
夏は夜が一番だと思う
昼間のニュースは
今日も
到底許せない犯罪や
腹立たしいこと
背負い切れないほどの悲しみや
苦しみで溢れていたが
今は
すべて
辺りの闇に
じっと隠れている

ひまわり

地平線にまで及ぶ
ひまわり畑が目に浮かぶ
陽をいっぱいに浴びて
咲いている
それなのに、聞こえてくるのは
なにやら
もの悲しい音楽である

ひまわりが生き生きとするほどに
かえって辛くなる
私が今、思い出しているのは
映画『ひまわり』だ
マルチェロ・マストロヤンニ扮する兵士が極寒の
　雪原で倒れる場面と
ロシアの大地に広がるひまわり
妻役のソフィア・ローレンの悲痛な顔
ストーリーはもうよく憶えていないが
断片的な映像ばかりが
くりかえし頭の中に浮かぶ
どこまでも広がる
ひまわりが

白根

カーブを曲がるたびに
ページをめくるように
新しくひらかれていく
風景を
走る
空へ続く
道を
白根へ向かう

辿り着いた
白根の湯釜の
色に
驚かない人はいないだろう
何度見ても

はっとする
とても、この世のものとは思えない
その色

たとえばその色をコップで汲み取っても
その色を持ち帰ることはできない

コスモス

あれは軽やかな音楽
弾むような
弦楽器の音で
合いに笛も鳴りわたる

あれは色あざやかに
ちょっとした村祭りで
はためく旗か何かのように
陽の光りを受けて

また一年振りに
その道を走り
時に車を止め
気の向くままに歩き
風を受け
身を任せ
いつまでも
いつまでも
揺れている
あの花を見に行こう

妙義

これもまた昔の話だが
運動会などというと
田舎では大イベントで
周りに屋台まで出て
音楽など鳴り始めると
もう意味もなくわくわくしたものだ
当時
赤組は赤城で
白組は白根
ここまでは分かるが
榛名が青組
妙義が緑組ということになっていて
なぜそう決まっているのか不思議だった
それはさておき
やっぱり盛り上がるのは
リレーで
「アカ勝て」とか「がんばれミドリ」とか
声が掛かった
そう言えば「ミドリ」の妙義も
もう紅葉している

十一月

だいぶ寒くなりましたね
霜月の
英語での月名
November は
「九番目の月」という意味だそうです
なぜ十一ではないのかと言えば
紀元前まで使われていた

ローマ暦が
三月起算で
そのため
年末の二月は
日数が少ない
という説明を聞くと
思わずポンと
膝を打ちたくなります
それで何が分かった訳でもないのですが
まあ何番目でも寒いことに変わりなく
早咲きなら椿も見られようという時期で
そこに「春」が隠れていたりします

冬桜

何だか演歌みたい
耐えて
忍んで
寒さの中で咲かす花
いやいや、時代劇小説か何かの
題名としてもいい
江戸時代
地方の小さな藩の下級武士が
真面目に勤めているだけなのに
腹黒い家老の陰謀に
ひょんなことから
巻き込まれて
普段、目立たなかったその武士が
意外な活躍をする
いかにも俗な
どこかにあった話ばかりが思い浮かぶが
三波川の
桜山公園の冬桜は

紅葉真っ盛りの木々の向こうに
淡いピンク色を静かに広げている

浅間山

信州の人には叱られるだろうが
浅間は
上州から見た方が美しい
十二月のこの時期
すっかり雪に覆われた
白い浅間が
朝日に輝いている姿は
美しい
とはいえ
浅間山は群馬のものではない
朝夕に見かける
垣根の花も
美しく紅葉した桜の木も
いつも寝ている猫も
今日はいない犬も
すべて
他人のものではあるけれど――
もちろん
本当は
誰のものでもない

子供時代

遥か昔の
私が子供の頃
雪は
もっともっと

たくさん降った
天神山の東側の細道は
日陰で
一度降った雪は
春まで融けなかったので
ソリをするのにはちょうど良かった
近所の子供たちはみんな
自家製のソリで
一日中滑った
毎日滑った
そうだ
田んぼではスケートもした
吾妻川の日陰で
スケートをしたこともある
川が凍るのだ
川までが凍ったのだ

秘密基地

あれは
小学校へ上がる前だったか
後だったか
幼馴染の
のりこちゃんと
みやしたくんと
いつも行っていた
裏山の
いや山というほどのものではなく
家の裏側の
ただの斜面の
畑の一角に
大きな石があるだけの
その場所があった

浅間の噴火で降ってきたという
その石の上に
横になって眺めた
あの空を
もう一度
見たい

去年の旅

ちょうど去年の今頃
職場の同僚といっしょに
秋田の角館へ旅をした
曇天（どんてん）の下
薄く雪化粧した武家屋敷をさまよう自分が
昨日のことのように思い出される
昼食の後
一人で自由行動をさせてもらったのだ
荷物は
駅でコインロッカーに預けた
ただ思いつくままに
さまよい
何を見るでもなく
何を聞くでもなく
ふらふらと歩いて
着いた先の神社に
江戸時代の有名な
紀行文家の
菅江真澄終焉（しゅうえん）の地の碑が
雪に埋もれていたのだ

早春の情景

明るい広葉樹林の
林床に
群生する
薄紫から桃色のカタクリの花
そういう早春の情景は
なかなか見ることができない

乱獲や盗掘
土地開発などによって
生育地は減少しているのだという
カタクリの話である
片栗粉といえば
ジャガイモから抽出した
でんぷん粉だとばかり
つい最近まで思っていたが
本当に何も知らないで
生きているのだ
この私は
まして万葉集の中にも
カタクリは出て来るのだという
なるほど貴重だ

詩集『それは阿Qだと石毛拓郎が言う』（二〇一八年）抄

それは阿Qだと石毛拓郎が言う

私史

教えてくれ　カクさん
なぜ　少年時代が終わるのか
なぜ　世界は天候のように激しく変化して行くの
か
長野原線は吾妻線と名を変え
温泉や群馬鉄山の影響で真っ赤に流れていた吾妻
　川は、今は普通の川のように見えるけれど
私の目の奥では
今でも真っ赤に流れている、死の川だ
田んぼの真ん中にある群馬原町駅には
カラスの軍団のような高校生たちがいつまでもい
　つまでも
からっ風に吹かれ
渋川行きの列車を待っている
その高校生の中にも私はいるし
北側の道を
大宮神社の方に向かっている小学生の中にも
私がいるし
朝陽堂書店の中にも
私はいる
町のあちらこちらを私が歩いている
教えてくれ　カクさん
なぜ　少年時代は終わるのか
なぜ　世界は天候のように激しく変化して行くの
か

田んぼ道の真ん中に
不意に
カクさんが現れる
子供たちが駆け寄る
カクさんを取り囲む
毎日
まるで中世ヨーロッパの修道士のような
よれよれの黒いコートを引っ掛け
赤い布を首に巻き
頭巾を被ったカクさんが
今日も、傘を持って歩いて来る
子供たちが群がる
その中の一人は私だ

子供たちは口々に
「カクさん、帽子は?」とか聞くのだ

カクさんは「キャップ」とか答える
子供たちは思いつく限りの単語を並び立てる
カクさんは次から次へと答えて行く
顔は見えない
感情のこもらない声が
今でも私の耳の底に、何かの痺(しび)れのように残って
　いる
少年の日の
一日は
あっという間に終わり
日は陰り
カクさんは
天神山の裾の辺りから
善導寺の方へ消えて行く
でも、本当に聞きたかったのは英単語などではな
　い
教えてくれ　カクさん

なぜ　少年時代は終わるのか
なぜ　世界は天候のように激しく変化して行くの
か
失恋の果てに
送電線に触れたのだという
カクさんの見た
絶望を教えてくれ

少年時（その一）

冬枯れた田んぼ道を
原町赤十字病院裏の踏切から
天神山の方へ
カクさんがやってくる
いつもの傘を持って
頭巾の上に帽子を被り
ケープのようなものを羽織り
ゆっくりやってくる
まるで物語の中の人物のようにやってくるので
小学生たちは示しあわせたように
カクさんを遠巻きに取り囲む
無邪気さと悪意の混じりあった興味で
口々に
挑みかかるように
さまざまな単語を並び立てる
するとカクさんは
いつでも
事務的に
まるで仕事のように
それを英語に変えてみせる
たぶんそれが私たちの、世界への入り口
死体を見るために旅立った少年たちのように
私も

カクさんと口をきくために
走った

少年時（その二）

その日も
カクさんは
傘を持って
ゆっくりと歩いていた
私は一人だったので
カクさんを追う勇気をもてなかった
私はただ一人
カクさんがゆっくりと日が沈む方へ
善導寺の方へ
岩櫃山の方へ
春の田んぼ道を歩いて行くのを見ていた

どんな町のどんな人の少年時代の中にもカクさん
　はいるのだと思っていたが
カクさんはどうも、たった一人しかいないという
　ことが分かったのは
ずいぶん後のことだ
記憶の中のカクさんは
もうかなりぼやけているが
防空頭巾ののような奇妙なものを被り
ケープのようなものを羽織り
傘を持ち
時々、田んぼ道に現れるだけで
どういう人なのか
考えてみれば何も知らないのだった
頭が良かったとか
失恋したとか
いろいろな噂を聞いたものの
カクさんはカクさんとしか言いようがない

今日もまた
カクさんが
私の記憶の縁を
歩いている

少年時（その三）

その人は不意にやってくる
どの季節であっても
まるで湧き出るように
田んぼ道に現れる
人々に何を与えるわけでもないが
子供たちがむらがり
子供たちが思いつく限りの単語を叫ぶと
それら一人ひとりに
丁寧に
その単語を英語で答える
その行為をどこか神々しいことのように感じたの
は
私だけであろうか
きらきら光るものを見たのは
私一人であろうか
ひとあたり子供たちが叫び終わり
静かになったころ
その人はさいわいを分かち与えた人のように
重々しく
ゆっくり歩き始める
西の方へ
天神山の方へ
善導寺の方へ
岩櫃山の方へ
消えて行く

少年時（その四）

バットマンがゴッサムシティにしかいないように
その人は
私の生まれた町にしかいなかったのだ
まだ貸本屋もあった
まだ映画館もあった
まだ銭湯もあった
昭和三十年代の
山あいの町の
駅前から
同じ町の
北側の高台へ引っ越したのは
ちょうど幼稚園に入った頃だった
家から駅まで田んぼが一面に広がり
田植え前の時期は
まるで湖のように空を映した
高台の私の家と駅とのちょうど真ん中に
一本の柳があり
台風の日にはそれが大きく揺れて
叫んだ
冬になると
田んぼに張った氷の上でスケートをした
私が
その人を
最初に見たのは
冬の日の
田んぼ道の、その一本柳の辺りだ
考えてみれば
かなり異様な
服装だったのだと思う
襤褸（らんる）を身にまとう
とか

今なら
そう表現したかもしれないが
冬の寒さに
鷹が胸を張るように
毅然として
バットマンが悲しみにこらえて
空を見上げるように
立っていた

少年時（その五）

少年時代がしだいに遠ざかるように
その人は
遠くの方を
さらに遠くへ行くように
歩いている

それは
カクさんだと
何かに願いをかけるように思う
土屋文明が戦争中に疎開した
山あいの
小さな町を
カクさんは
いったい
いつから歩きまわり始め
いったい
いつまで歩いたのか
今は
離れた
その町のことを思い出すと
いつの間にか
忘れていた
カクさんが

私の記憶の縁をゆっくりと歩き始める

少年時（その六）

あの
ふぞろいな田んぼの間の
道を歩いた感触が
今も確かにある
所々に肥（こえ）溜めや溜め池があり
肥溜めに落ちた人もいたし
溜め池のところに
ずっと座り込んでいた人もいた
泥鰌（どじょう）を釣って
風呂を焚きながら
焼いて食べた
蛍（ほたる）もいっぱいいいて
竹箒（たけぼうき）を振り回して捕まえた
秋には特製の袋を用意し蝗（いなご）を取って
佃煮にしてもらった
稲穂が風になびく
稲穂の匂い
稲穂の感触が
今も確かに
ある
その日のカクさんは
まるで稲穂の波に運ばれるように
現れた
風だ
風だ
風が吹いている

少年時（その七）

そうだ
もう、あの田んぼ道はないのだ
私の家があった高台の下から駅までの
田んぼの中の
うねうねとした
途中に一本柳のある
あの道は
もう、ないのだ
私の目には
はっきりと見えるのに
そこに行ってももうない
どういうわけでか
整備事業などというものがあり
小さな

それぞれ
まちまちな大きさの田が
ただの長方形になり
しばらく振りにふるさとに帰ってみると
その田んぼだった所に
大型のスーパーマーケットが建っていたりする
まるで知らない場所に変わっている
もちろん
カクさんが今もそこを歩いているはずはないが
カクさんが
ゆっくりと
限りなく、ゆっくりと
そこから遠ざかって行くのは分かる
カクさんが歩くような道はもうどこにもない
カクさんが
遠ざかっていることだけが分かる

少年時（その八）

寝ていて
ふいに起こされた
小学校が燃えているぞ
と言うのだ
父親にうながされて
庭に出ると
田んぼの
二、三キロ先にある小学校が燃えていた
木造だったので
骨組みがあざやかに見えて
闇の中で燃えていた
何か、この世ならぬ
美しさがあった
ウチの屋根には燃え滓（かす）が
風に飛ばされパラパラと落ちた
十一月
まだ夜は明けていない
小学校五年の私はふたたび眠った
だから
その火事の光景は
夢のように感ぜられた
翌日、学校がないのは承知していたが
近所の友達と学校へ向かった
行ってみると
きれいに何もかもがなくなって
便器の白さだけが際立った
宿直の先生の自殺未遂のウワサは私たちまで聞こ
　えてきた
何日かすると
新校舎の話題でもちきりになった
そうだ、考えてみると

カクさんを見かけなくなったのはその頃だ
とすれば
それが私の少年時代の終わりということになるの
　だろうか

少年時（その九）

小学校三年の秋
放課後の校庭で
Ｙとケンカをした
理由はもう憶えていない
ただ我を忘れた自分のことだけは憶えている
殴り
爪を立て
Ｙを
血だらけにした

私の中のどこに
それほどの怒りが
隠されていたのか
気がつくと
ぐったりしているＹがいた
どの程度の怪我だったのか
親に連れられて
謝りに行ったことは
憶えている
翌日、繃帯（ほうたい）だらけのＹが近づいて来た時ほど
恐怖したことは
その後
経験したこともない
バットマンの悲しみは
人を殴る悲しみだ
その日は
カクさんに会わなかった

私たちの言葉を
まるで魔法のように英語にして
顔を隠し
黒いケープを羽織り
ただ
私たちの、小さな町を歩いていただけの
カクさんには会わなかった

少年時（その十）

今や
カクさんは
私の頭の中では
バットマンのようになっている
原町の、赤十字病院の屋上にでも立って
ケープをはためかせ
孤独に
町をみつめている
そんな
ある夕方
私の家の郵便受けに
詩人の川島完さんからの葉書が
まるで風に乗ってきたように
届いた
川島完さんは
私の連作「少年時」を読んでくれているという
実は
川島完さんは
私が生まれ育った原町の出身だ
川島完さんは
カクさんを知っている
カクさんを見たことがある
さらにあろうことか

葉書には
カクさんの本名まで書いてあるのだ
まあ、苗字は伏せた方がいいだろう
「××角太郎」
私はほとんど声をあげそうになった
本当に、カクさんだったのだ

少年時（その十一）

夏の終わり
小学校からの帰り道
ふぞろいな田んぼの間を駆け抜けて行く同級生数
　人が見えた
カクさんだ
と思った
久し振りにカクさんが歩いているのにちがいない
まだ暑いのに
傘を持ち
ケープのようなもので身を守り
ゆったりと
善導寺の方へ
西へ
歩いているのにちがいない
私も
同級生の後について
走りたかったが
そろばん塾に行かなければならない
町の
本通りの教会を会場として借りている
不思議な
その塾へいくために
反対方向へ
線路を越え

川村書店の方へ行かなければならない
口々に
思いつく限りの単語を叫ぶ同級生や
感情のない声で
それを英語で答えるカクさんの姿が
目に浮かぶが
私は
讃美歌の歌詞が周りに貼られている中で
そろばんを弾かなければならない

少年時（その十二）

家から小学校までの道の
その
途中の
山側に
割合に広い
竹藪があり
雪が降ったりすると
雪の重みで竹の先が曲がり
まるで
道がトンネルのようになったりする
そこを通るのがどうして楽しいのか
自分でもよく分からないが
ことさらに
ゆっくりと歩いた
しーんとした
帰り道
雪のトンネルを抜けた
川村書店のお墓の辺りで
ふいに
カラスのような
真っ黒なケープをなびかせた

カクさんに会った
いつもだったら
みんなと一緒に声をかけるのに
ただ黙って
頭を下げて
通り過ぎた
トンネルの中に消えて行くカクさんを
振り返ることもできず
走って
家に帰った

それは阿Qだと石毛拓郎が言う

石毛拓郎さんは
にこやかに
「阿Qだよ」と言うのだ

いやいや
カクさんは英語も出来たくらいだから
むしろ孔乙己（コンイーチー）だと言った方がいいかもしれないが
いずれにせよ
底辺を行く者であり
敗北者であることに間違いはない
石毛さんの詩集『阿Qのかけら』の
「軍司阿Q」のような犯罪者ではなかったにせよ
カクさんにも
荒ぶる魂があったのかもしれない
現実のカクさんは
今はもう無くなってしまった田圃道を
ごく自然に
ただ黙って歩いて
時々、小学生相手に
英単語を答えていただけなのだが
その不思議な人を

私はどうにも理解できないまま
忘れて生きて来て
こころの奥底に
消化されないまま
まるで石のように固くなった
記憶の中のカクさんは
そうか、阿Qであったのか

石毛さんは
「それは阿Qだ」というのだ
前回の
東京五輪の前の
昭和の
群馬の
吾妻の
山奥の小さな町で
「カクさん阿Q」は
何を思って
田圃道の
あちら
こちらを
朝から晩まで
歩き廻っていたのか

私の記憶の土壌から
ふいに現れた「カクさん阿Q」は
バットマンのケープのようなものを羽織り
集まって来るハトのような子供たちに
まるでエサでもやるように
英単語をばらまく
戦後の英語を
貧しい子供たちに
ばらまく
観音山の

節分での豆撒(ま)きの時のように
まく
ばらまいていたのは
むしろ
「カクさん阿Q」自身の哀しみだったのか

映画『清作の妻』の兵助

その男は
雨の日
粗末な家の
軒下の
濡れ縁に腰掛け
足を伸ばしたり
空を見上げたり
小さな声で歌をうたったりする

映画『清作の妻』の中の
千葉信男が演じる
兵助という
知恵遅れの
大男だ
そうだ
確かに昔はそういう人が
村や町に一人や二人はいたものだ
ぬかるんだ道
ほころびた着物
時代設定は日露戦争の頃だ
太平洋戦争後の
インテリだったカクさんとは全く違うタイプだが
兵助もまた
阿Qの一人には違いない
吉田絃二郎の原作小説とはちょっと違うが
映画では

孤立する、主人公の若尾文子を守って
そのため
かえって
村人から袋叩きにあったりする

弔い

ダークナイトであり
阿Qでもある
私のカクさんよ
あなたは今でも
私の眼の裏側に広がる
群馬原町の
田んぼ道を歩いている
季節は秋で
稲刈りもすっかり済んで
観音山や岩櫃の紅葉が本格的になり始めたところ
　だ
遥か昔、その原町から離れ
もはや退職の時期を迎えた、今の私は
家の近くの
親水公園の中を
今日も
健康のために歩いている
確かに
ここからも見える榛名山の裏側に、原町はあるの
　だが
実際に行ったところで
バイパスが走り
すっかり風景が変わってしまった原町は
もうカクさんが歩くような道はなくなっている
私の眼の裏側だけを歩いているカクさんよ
こうして、何もかもがなくなってしまっても

あなたが歩いている姿が、まだ見える
昨日読んだ、ウロルトの小説集『琥珀色のかがり火』（早稲田大学出版部・一九九三年　牧田英二訳）の前書きで
彼の出身である
エヴェンキ民族の狩猟文化について
ウロルトが語っている
「不可避的に一種の解体状態にある」、「その文化的特性はやがて消え去り、再びもとにもどすことはできない」。「私の胸は落日の残照におおわれている」。
ウロルトは「自分の創作にことさら人類学の領域へ足を踏み込ませようという気はない」と断言する。「創作は一種の弔いだ」とも言う。
「かつて存在していたこと、これから過去になるであろうすべてをふくめて、人類みずからの営みのすべてに対する弔いなのである」と言うのだ。
どう考えても、エヴェンキの狩猟文化にくらべれば、私の少年時代の記憶や、その中心点を歩いていたカクさんのことなど、ごく瑣末な、何の特色もなく、人類学やその他、どんな学問とも無縁で、特に考察されたり、分析されたりするはずのないことではあるが、にもかかわらず、私もウロルトと同じように、弔わずにいられない。ただただ、そこに私の記憶があるだけのことで。

顔について

昭和の日々
戻ってはみたけれど
ここで良かったのか
思い通りにならないことばかりで

泣いている三歳の私が
今ではもう町役場の一部になってしまっているは
　ずの、玄関にいる
昔は料理屋だったらしい
キャッチボールが出来るくらいの三和土（たたき）
祭りの日の
そういう写真を
後に、見たことがあり
まるで他人のような私がいた
あるいは、また別の時の
草津の秋
叔母の家の前の
面白くなくて
不満だらけで、頬をふくらましいる顔も
気持ちも
写真に残っている
いやいや、きりがない

もっともっと、ずっと後
上京し挫折し
『東京流れ者』
山の手線の大塚駅近くの
アパートに座っている私の顔の写真を撮ってくれ
　た人はいないが
心の底の
自画像が
見える
くっきりと見えるが
表情が読めない
まもなく群馬へ戻ることになる
昭和六十四年の正月
映画『ロクヨン』ではないから
誘拐も
殺人もなかったが
たった七日間のロクヨンの中の私は

何を考えていたのか
先日見た、別の、古い映画の中で
若尾文子は
「小えん」という役で
その映画のラストシーンの
しましま駅*の待合室で
ただ真っ正面を見て
座っていた
その顔色が読めなかったのだが
終点は確かに始発だとして——
そうか

* 島々駅は、かつて上高地線の終点駅であった。

時間術

時計があると
夕食に遅れることがない
と言われると
夕食がそれだけ大事だった時代や場所があったの
かとびっくりする
山あいの故郷で
真っ暗になるまで
遊び呆けていた少年時代
たぶん十一月だ
すとんと暗くなった
田んぼで
もう辺りは、ほとんど見えないのに
遊び続けていた
稲の切り株を足で踏んで
走り回り
どんな遊びだったのか
父親に呼ばれるまで
友達と遊んでいた

確かに時計は持っていなかった
時間というものについて考えたこともなかった
自分の家も
田んぼも
区別がつかなかった
競(きそ)って友達と遊んだ
夕食の大切さが分からなかった
父親に呼ばれたことは憶えているが
何を食べたのか憶えていない
父親がニワトリをしめ
カレーになった日もあったが
あれは何か特別な日だったのか
メガネをつくってもらった時も
時計を初めて買ってもらった時も
隣り町へ行った
それは特別な買い物だということだ
レコードプレーヤーなどは
群馬から
わざわざ
遥か秋葉原まで
一番列車で出かけた
流れる時は
どこを流れているのか
時に
まるで〝鹿(しし)おどし〟のような
音を
立てたりした

考察

年老いた母は言うのだ
「もう、原町の家はないんだぜ」
もちろん、それは知っているのだが

なぜか
私の眼の裏側には
今も
原町の情景
が広がっている
今日も
電車が
谷あいの線路を通って群馬原町駅へとやってくる
私にはそれが見える
それも
原町の
自分の家から
それが見えるのだ
そうか、今でもカクさんは
あの、原町の田んぼ道を歩いているのか
そうか、それは「昔話」ではなかったのだ
今、私が、カクさんのことを思うということは

私も、その場所にいるということなのだ
のんきな「昔話」ではなかった
私が
三木清の言う「非連続的な時間」の中を歩くため
原町の情景が
私の目の前に広がっているのか
あの、曲がりくねった田んぼ道を
歩いているカクさん
ダークナイトのようにも、阿Qのようにも見えた
　カクさん
それが「危機意識」によるものだということが
まるで雷に打たれたように
私の全身をつらぬく
私の阿Qは、何も求めることができない
魯迅は「自分を国民の中に埋没させ、自分を古代
　に回帰させた」のだ
私のカクさんは、言葉を求める

私の感情は論理を求める
そうか、これがハイデガーの言う「時熟」なのか

光って／見える

老いた母は言うのだ
「もう、あの原町の家はないんだぜ」
そうだ
もう四十年近く前
定年後の
父はその家を売って
前橋に出てきたのだ
（私も本籍を前橋に移した）
「思考の最初の
かすかな動きに対する
注意力」と

エリック・ホッファーなら言うだろうか
北毛の
岩櫃城下の
谷あいの町から県都へ
私の〈実家〉は出てきたものの
私の「注意力」は
まだ「原町」に
固着している
東京オリンピック前の
まだ叔父のケン坊も車に轢（ひ）かれる前の
まだ叔父のトシ坊もヤクザになる前の
さらに、遥か昔には、土屋文明が疎開していたと
　いう川戸の
右の人差し指のない祖父と
年老いた母とそっくりな祖母のいた川戸の
母の実家の
二階のお蚕（かいこ）さんも

蔵の蛇も
すべてが私のものであった
その母の
川戸の「実家」から
吾妻川を挟んだ真向い
遠く「原町」の私の家が
ちょうど今
光って
見える

田中絹代が歩いている

田中絹代が歩いている

京橋の
フイルムセンターを出た通りを
田中絹代が歩いている
私はたった今
彼女の旧作の映画『伊豆の踊子』を見たばかりで
ある
当初、主人公の、十七歳ぐらいにみえた踊子は
本当は十四歳で
その踊子役の
二十四歳の田中絹代が光りの中で手を振り
光りきらめく風呂場で手を振り
老いた田中絹代が今、目の前を歩いている
まるで光りから追放されてしまったように
現実の田中絹代が歩いている
現実というのはいつも小さく
それでいて
どこに立っていいのか迷うほどに
あまりにも広く

ぼんやりとしている
手につかむことができない
光りの中の田中絹代が振り返る
光りの中の田中絹代が笑う
十九歳の私が老いた田中絹代の後を歩く
やがて追いつき
十九歳の私は
田中絹代に声をかけるだろう
「あなたのような若い人が――」と
田中絹代は答えることだろう
田中絹代が歩いている
私はもう少しで追いつき
もうちょっとで声をかける
もうちょっとで
現実というものに声をかけるのだ

田中絹代が振り返る

老いた田中絹代が歩いている
十九歳の私がようやく追いつき
いや、その時、私は二十歳だったかもしれない
フイルムセンターで
彼女の旧作の映画『伊豆の踊子』を上映した日が
　分かれば
私の年齢もはっきりするのだが
その私は
ようやく田中絹代に追いつき
声をかけるのだ
田中絹代は振り返り、答える
「あなたのように若い人が――」
そう
確かにあの頃は若かった

新宿駅で、映画の撮影中だった
一つ年上の片桐夕子も
まだあの頃は若かった
日本映画最後のプログラムピクチュアが始まった
　ばかりだ
私を見上げる
小さな、老いた田中絹代が
「あなたのように若い人が――」
私はどれほど若かったのだろうか
映画史の上を歩いている田中絹代に
本当は、私など見えていなかったのかもしれぬ
画面からは観客は見えない
田中絹代が振り返る
私は本当にそこにいたのか
新宿駅の片桐夕子を私は本当に見たのか
まぶしい光りの
始まりばかりが始まっている

小山和郎さんと真下章さん

ある晩
いつものように
詩集『冬の肖像たち』の
詩人小山和郎さんのところへ行った時
(まあ、近所なのでよく出入りしていたのだ)
それはもう
小山さんの奥さんが亡くなった後だったと思うが
居間に
詩集『豚語』、『神サマの夜』の
詩人真下章さんが先に来ていて
小山さんに慰められていた
真下さんは
「もう書くことは何もない」
と嘆いていたようで

いやいや、そんなことはないと
小山さんが
真下さんの昔話を聞いてやっているところへ
たまたま私が行ったわけだ
（小山さんは、私にお茶を淹れてくれたものの）
小山さんは
あれやら、これやら
真下さんに言葉をかけて
奮闘中であったが
真下さんの方は心底困っている風で
なんだか
なにかの虫のように
背を丸め
内へ内へ
内部へ内部へ
閉じこもろうとしている
そうだ！

巻貝かなにかのようになっている真下さんを
小山さんが
その貝の
蓋でもあけるように
言葉をかけている
とでも言った方がいいだろうか
そういう二人の間に
二人に比べれば、まだまだ若い私が入りようもなく
（お茶は飲んだが）
来たそうそう帰るに帰れず
ただ
そういう二人の姿を
目をまるくして
まるで宗教画かなにかのように
いつまでも
いつまでも

眺めていた

名前

死んだ伯父の名前を忘れてしまった
その父方の伯父は
私が生まれる前に
戦争で死んだ
昔、祖父の葬式の時
墓場で
その人の墓を見て
そういう伯父がいたことを
子供の私は初めて知ったのだが
それから何十年も経って
今、その名前がどうしても
思い出せない

死んだ叔父の名前を忘れてしまった
その母方の叔父は
交通事故で亡くなり
ある夜
私は車に乗せられ通夜に向かったのだったが
用意されていた写真は
生前の印象を裏切るものだった
それほど親しく話したことはなかったが
控えめな人だった
告別式には
叔父を自動車で轢いたという人も来て
涙を流していた
叔父は、どういうことでどんな風に轢かれたのか
私がまだ子供だったので
誰も教えてくれなかった
引いたという人の名前はまだ憶えているが

肝心の、叔父の名前が出て来ない

おじいさん

触ってみろ
と父は言った
まだ、温かいぞ
父は、いつになく陽気な口調で言った
おじいさんとまともに話したこともなかったのに
まともに顔も見たこともなかったのに
声を掛けられたこともなかったし
見られたと思ったこともない
おじいさんは私のことをどう思っていたのか
おじいさんは私に触れたことがあったのか
それにしても、おじいさんの名前はなんだっけか
おじいさんは目を瞑っている

しんとした部屋の中に
夜も遅いのに、人がいっぱいいる

おじいさんはベットに寝ていた
白い壁
白い掛布団
白い看護婦
白い枕
父に促されて
私はベットの傍に寄った
父が私の手を取った
私はおじいさんの額に触った
確かに温かい
死んだばかりだ
死んだばかりだが
もう生きてはいない
おじいさんは私を見ない

私はおじいさんを見る

連作　炎天下の「ブローカー野（や）」を行く

炎天下の「ブローカー野（や）」を行く

「ブローカー野」は、言語処理に不可欠な大脳皮質の一部であり、言語を発する役目を負っている。この部分に損傷を受けると、文法の規則を適用できなくなって、話し方が、まるで電報のようになるのだという。「ブローカー野」という名称は、十九世紀の外科医ポール・ブローカーから名付けられた。そのことを知った時から、私には「ブローカー野」が、まるで中央アジアの入り口にでも広がる場所のように妄想された。

発語

どこへも出発できない日々を
日めくりのように
捲（めく）り続ける
私の怯懦（きょうだ）
妻に言われるまでもなく
私は私の怯懦を知っている
今日はゴミを捨て
慌ただしく
勤め先に向かった
今日はゴミの日だから
ゴミを出した
仕事なので
勤め先に行った
そうするしかない日々を
くぐり抜けて
間もなく、また夏を迎える
私の心をいたわってくれる風もなく
真っ青な空では

炎が燃え盛っている
私の庭は
もはや雑草だらけになり
庭は庭でなくなり
私は私でなくなろうとしている

犬のように

昨年の十二月に鼻かぜを引いて
鼻がつまってから
つらい日々が続いている
あれからもう半年以上が経過したのに
未だ治らない
鼻で呼吸できないことが
これほどつらいこととは
思ってもみなかった

たぶん、これは何かの
比喩なのではないだろうか
結局、すべては比喩ではないだろうか
遥か遠く
少年時代から
少年の私が
こちらに向かって駆けて来る
泣きながら走っているようにも見えるが
大きな事件や
苛酷な運命が待ち構えていたわけではなかったのに

こんな些細なことで
これほどの不快感を憶えようとは
こんなつまらないことなのに
鼻がつまっているので
私はもう走ることができそうにないほど疲れ
口を開いてハァハァする犬のように

私が私を上目づかいに見ている

野盗

家を出発してから
満月を二回見た
寒い夜
過去の失敗ばかりを思い出す
辺境の詩
辺境の地
日が昇ると
太陽そのものが見えないような
ギラギラとした
暑さの中を
余白を求めて
歩く

盛唐の詩人・岑参（シンジン）のように
はじめのうちは
馬で
この砂漠を駆け
青空にまでのぼってしまいそうだったのに
今では
ギラギラとした
まるでゼリーのような暑さの中に閉じ込められ
固められ
健全な市民となっている
平沙万里（へいさばんり）
何にもない広がりの中で
叫んでいる私が
ゼリーに固められたように
時は止まり
私は私に夢見られている
野盗は

余白に潜んでいる

新しい季節

私にとっては
まるで夏の季語のような
「人間ドック」の案内が
いつもの年のようにいつもの時期に送られてきた
指示されるままに
身体のあちらこちらを見せ
針を突き刺され
呼び出され
捨て置かれ
なすがままになっているからといって
絶望できるわけではない
方向を見失っているからといって
走るのを止めるわけにはいかない
困ったことに
目の前に道があり
宿命は長い舌を出し続け
その舌のような道を
走っていると
季節が色あざやかに過ぎて行く
たたかいはまだ終わってはいない
たとえ私が死んだところで
たたかいが終わるとも思えない
気が付いたら走っていたのだから
たぶん
走っているということだけが
真実なのではないだろうか

詩の一行のような

気が付いた時にはもう歩いていた
いやいや
ふと思い立って
高速自動車道に乗ったのだったか
小刻みにブルブル震える音がしていた
歩いていたのか、車で走っていたのか
今はもう、何がなんだか、よく分からない
ただ
真正面からの日差しの強さや
真横からの風の烈しさを憶えている
遠くで声が聞こえたことも憶えている
その声は
何を言っていたのか
声は
聞こえるが
意味が辿(たど)れない
励ましなのか、罵倒なのか
応援なのか、非難なのか
黄色い声なのか、どら声なのか
もう耳も遠くなったが
まちがいなく
どこか遠くから
声が聞こえる
かすかに
かすかに
声がやってくる
まるで
詩の一行のような

春の日

突然
渋滞が始まる
日が暮れるのも遅くなったはずの
春の
ある日の
通勤の
帰り道
工事が始まったのだ
長い車列
そう言えば
朝
それも何日も前に
工事の予告が出ていたのだった
分かっていたのに
ああ
今はもう車の列から
抜け出ることはできない
辺りは暗くなり
いつまでも車は動かない
まるで永遠に動かないような
時間まで止まったような暗さで
そう言えば
昔見た
何かの映画で
こんな風にして渋滞に巻き込まれた場面を見たこ
　とがあったような
気がする
それはパニック映画だったか

それとも恋愛映画で恋人に会いに行くところだったか
いやいや戦争映画で街から逃げ出すところだったか
いずれにせよ
今はもう車の列から
抜け出すことはできない
辺りはさらに暗さを増した

花火

たしかに止まることなんか
できゃしない
走りだしたら
どこまでも
さし出されつづける舌のような
道を走るしかない
そのように
昨日も
今日も
通勤の道を走る
行ったり
来たり
まるで水泳選手が
プールでターンをくり返すように
あざやかに方向転換をしながら
行ったり
来たり
通勤の途中で
時に実家に寄ることはあるにせよ
走り続ける
で
昨日

実家に寄って
表の道に出るところの信号につかまった時
目の前で
どういうわけか
花火が上がっているのだ
秋も深まった日
なぜ花火なのか
考えても分かるはずもなく
上がり続ける花火を横目で見ながら
走る

袋田の滝

もしも言葉がなかったら
あの時の
水の音と
弾ける水そのものを
こうして
今も
感じることができないだろう

ちょうど一年前
台風が通り過ぎたばかりの時だった
トンネルを抜けたところで驚いた
激しく降り注ぐものが
突然、目の前に現れたのだ
あっとう的な量だった
「すごいわね」と
笑い合う人々と
ただ呆然としている人々と
歓声と沈黙

もしかしたら
降り注いでいたのは
言葉だったのか

世界はただ流れる
いつまでも見ていたい光景だが
いつまでも見ている訳にはいかない
すべては変化し続ける

帰結と出発

その日
私は滝を見た

ラストシーン

もちろん事故の朝もあり
二台前のトラックが
信号のところで
ちょっと不自然なかたちに出っ張っていて
どうしたのかな
事故かもしれないと思って
(ここでの判断が難しい)
車線を変更すると
(後ろには車が続いている)
やはり事故で
(今回の判断は正しかった訳だ)
ドライバーと思しき人が一人ケイタイをかけている
映画のラストシーンのような場面だ

余り見てはいけないとは思うものの
見るべきものは見て
通過する
いつもとは違う風景が
後ろへと流れて行く
いつもの風景の中へ
逃げ込むように
私の車は走る

霜のように

フロントのところが
真っ白になっている
霜だ
そういう季節に今年もなった
エンジンをかけ
風呂の残り湯を
フロントガラスにかける
エンジンは
生き物の振動を繰り返している
陽はにぶい光を放っている
葡萄棚を来年こそはつくろうか
インターホーンが壊れたままだ
窓も拭かなくてはならない
そういえば土地の分筆の件は
あれから進展しているのか
司法書士からの連絡はない
そろそろ電話を掛けてみる必要があるだろう
そういったあれこれが
出勤前の数分に
一斉に押し寄せ
すべてを流し去って行く
もちろん

詩のことなど
車に乗り込む頃には
まるで
先程の霜のように
すっかり
消えてなくなっている

古管

夏の
いつもの朝を
いつものように通勤の車を走らせて
ようやく勤め先の街に入り
新幹線の高架下で
赤信号につかまり
ふいに
対向車線の、大型のクレーン車を見上げたら
その運転手が
笛を吹いているのだ
まるで
田舎の神社の
神楽殿の上で横笛を吹いている人のような感じで
横笛を吹いているのだ
音は聞こえなかったが
いや、聞こえるはずもないのだが
私の耳の奥から
音は
やって来た
柔らかく幅のある中間音程が
高くもなく
低くもなく
私をどこかへ連れて行ってくれるような
古管の音が

聞こえて来た

待合室にて

待合室の椅子に腰掛けていると
（ほぼ満席に近い）
隣りの大柄の男が
「おたくもあれですか
予約券が送られて来て」
と大きな声で話しかけてくるのが恥ずかしい
（もちろん、そこは大きな病院で）
誰もがもんだいを抱えているのだが
自分では解きようもないので
考えるにせよ、何を考えたらいいのかも分からな
　くて
老人は、ただ目をきょろきょろさせ
子供は、泣き叫び
中高年は
中高年の私に話かけてくる
（何だか、オールナイト（深夜映画）が始まる前
　のようだと私が考えていると）
「女房はきっと手術だと言ってね」
と男がまだ喋っているので
「心配していらっしゃるんでしょう」
と挨拶はしたが
私の頭の中では
渡哲也が、潤んだ瞳の松原千恵子を見つめている
　場面だ
（「やくざ者に女はいらない」というくせに）
池袋の文芸座の深夜の生あたたかい空気
（渡哲也全作品が上映されたのは一九七二年だっ
　たか、七三年だったたか
渡辺武信も来ていて

遠くから「あれが、あの六〇年代詩人の渡辺武信
　か」と思いながら見た
あれから随分月日が流れた）
五本立ての三本目辺り
一番眠い時間帯だ
（気がつくと眠っていたりもする）
思い出の映画の中では
どこかの女子高校の校庭でバレーボールをやって
　いる
そのすぐ脇のドブ河で
（校庭からは河の中は見えない）
人斬り五郎・渡哲也が、ドスを振り回して死闘を
　繰り広げている
浅瀬の上を
タッタッタ、タッタッタと渡哲也が走って行く
上がる水の飛沫（しぶき）
飛び散る血
遠くから聞こえる女生徒の嬌声
明るい日差し
ちょうど今
映像の中の渡哲也は、
誰かに見られたか、という不安な顔を私に向けた

野津明彦詩集『歳々』のために

星の時代

言うまでもなく、俳句もいらなければ、短歌もいらない。小説もいらないし、映画もいらない――というぐらいのことは、一度くらい言って置きたい。それにしても、野津明彦は、どうして詩を捨ててしまったのか。遠くの方で、オートバイがさ

らに遠ざかるように走って行くのが聞こえる夜、私は外を見ることもしないが、たぶん空にかかっているのは「にせの星」なのだろうと思う。やがて列車の音が響いてくる。いつも不思議に思うのだが、実際に線路のある位置と、まったく正反対の方角から車輪の音が聞こえるのはどうしてなのだろうか。私は別に科学的な説明を求めているわけではない。返事がほしいのではない。ただ、心臓が脈打つような、あの音、あたたかくなるような、遠くまで行くことができるような、あの音を、もっとよく聞きたいだけなのだ。野津明彦はどうして詩を捨ててしまったのか。自問自答。そして、あの光り。車窓からもれる灯り。座席に着いているのは、エドワード・ホッパーの「コンパートメントC、一九三両」（一九三九年）の赤毛の女だ。紺色のドレスと帽子。顔はよくわからない。女の右側の車窓に、流れゆく夕暮れの風景が見える。女は読書しているので、それを見ることはしない。車内には、赤毛の女以外、客はいないような感じだ。車内の照明は皓皓（こうこう）として、女の読む本の頁（ページ）を明るく照らしている。どうやら詩集ではない。走り去る世界。もれる灯り。「にせの星」は空にかかっている。世界は、なんというスピードで走り去って行くことだろう。赤毛の女の傍らには、さらに二冊の本が置かれている。いやいや、雑誌か。いずれにせよ、旅は続く。車窓からもれる灯りに照らし出された外の風景。その川の奥の、小さな影のような家の中で、私が今、その明かりの側に顔を向けたところである。

日曜日には

日曜日には、どうしても朝早く目が覚めてしまう。「表通りでいるかの曲芸」があると野津明彦が言っていたので、わくわくしているのだ。そんなこんなで、つい、下北沢の野津明彦のアパートまで行ってしまう。いや、野津明彦のアパートは梅ヶ丘だったか、記憶の果てでは、もう早くも、桜が散っている。道筋も町名も何もかもが思い浮かばない。それなのに、どういうわけか、私は野津明彦の部屋までたどりついていて、小林多喜二全集、『スイング・ジャーナル』誌数年分と何冊かの詩集しかない、さっぱりと片付いた部屋の中で、まだ大学生の野津明彦が笑っている。やっぱり、今日は日曜日なのだ。「表通りでいるかの曲芸」って、あれ本当なのかい、と私は聞いてみたいのだが、なかなか切り出せないでいる。野津明彦は笑って、パイプをふかしている。まったく似合っていないと思うのだが、彼の目の前には海が広がっていて、彼方はキラキラと光っている。「沖でいわしの群れが急旋回する」。「海から来る塩からい風」に、野津明彦はふくみ笑いのような笑いを浮かべる。あの海は、海賊船がわがもの顔で横行する海なのかもしれない。始まるのはこれからだ。ジョン・シルバー。恋も冒険も。ラムの大通り。洗濯も掃除も。

擦(す)られた燐(りん)によばれ

今日も、野津明彦の詩を下敷きにして偽書を書き続ける。彼の歳々をさかのぼるようにハドソン川を目指す。いやいや、それは野津明彦の歳々ではない。かと言って、私の歳々でもない。もはや誰の歳々なのかもわからなくなって、「故郷の港を遠く／塩に洗われた船の」木片を求めて、なぜかハドソン川をさかのぼる。ニューヨーク湾の河口から少し入ったナイアックには、エドワード・ホッパーの生家があったはずだ。彼の絵の、あの静かな光りは、そこにもあるだろうか。すべてが死に絶えた後の世界にふりそそぐような、あるいは、すべてがこれから誕生する前の世界にふりそそぐような、あの光りはそこにあるのだろうか。今は、ふりつづく雪で行く先も見えない。陽の光りで何も見えない。雨も降る。場面は次々と変わる。季節は入り乱れている。それでも、「かたい雪のうえ／犬に挽(ひ)かれ走る橇(そり)の」スピードが隠している暖かさは知っている。もちろん、それは木製の橇である。「照りつける夏の陽にも／かわくことがない水車の」刻む時の向こうで点(とも)る〈詩〉を見たことがある。肉筆の、具体的な人物に宛られた文字が、やすやすと時や場所を超え、「ねむりを覚ま」されて、「炎のように」燃えた瞬間を目の前にした。まるで「擦られた燐によばれ」た炎のような〈詩〉を。

偽書

たぶん私は偽者なのだ。いやいや、そんなことは初めからわかっていることではなかったか。詩集『歳々』の偽書を書き始める前からわかっていた。むしろ、偽書を書き始めたことにより、私は、私にとっての、最初の一歩を踏み出せたということかもしれない。偽者としての自覚こそが、真実への一歩というべきだ。有り得べき歳々を歩き始めて、ようやく自分が歩くことの意味がわかり始めた。……寒い朝から歩き始め、南へ向かう。重い外套(がいとう)のまま眠る。私を追い立てる者から逃れ、身を隠す。南へ向かう。故郷へと向かう。偽装された故郷を本当の故郷にしようと思ったのだ。本物のふりをした。笑った、本当におかしいような気がして。泣いた、本当に悲しくなって。食べた。飲んだ。演説さえし、他人を叱りつけもした。労働し、汗をかいた。種をまき、自らの手で刈り取った。もはや、自分でも偽者なのかどうなのか、わからなくなっていた。ただ、ある日、忽然として『歳々』が消えてしまった。いつものバッグからも、いつもの棚からも、あったはずの『歳々』が消えているのである。

報告

詩でない、詩でないと念仏のような低い呟きが聞こえ、リズムもないじゃないかと、少々声高な非難の声も交じり、やがて、それらの声が礫（つぶて）となって、あとからあとから飛んで来た。本当はそれらのことばをどうすればよかったのか。軽くかわしておけばよかったのか、それとも、自らの額で受けとめればよかったのか。結局、何一つ解決できず、てれ笑いするしかなかった私を、悲しそうに見ていたのは誰だったのだろうか。現実の苦痛や臭気を超越できるわけもないのに、任意の一点から雲海に沈んで行ったのは誰だったのだろうか。あれは、映画『グリーン・デスティニー』のチャン・ツィイーのようにも思われる。今、私は、薄暗い部屋の中で、雪国を列車で旅する女性の車窓から見える、一瞬の内に流れて行く、私の家の灯りを想像している。あるいは、不在の詩人を求めて札幌まで一人の詩人を行かせた詩の一行を想像している。誰かに何かを伝えたいのではないし、誰かから何かを聞きたいのでもない。ただ、私の「思い出か絵画的描写」（トマス・ハリス『羊たちの沈黙』）を挙げるとしたら、それは一体何だろうかと考えているだけである。ああ、車窓から、一瞬の内に流れ去って行く、私の家の灯りが見える。「風景はいいよ、後で思い出せるから」というのは、映画『紅の流れ星』の中で、渡哲也が浅丘ルリ子に言うセリフだ。

岬

もう遥か昔に無くなってしまった映画館の裏で、小学校にあがる前に拾ったフィルムの切れ端は、あの後どうしたのだろうか。その映画館の入口近くにあった貸本屋が店を閉じたのは、いつのことだったのだろうか。映画館や貸本屋のことなどまったく忘れ果てて、この世に〝映画〟というものが、まだあったことを思い出したのは、中学生になった頃だった。高校生になり、映画館が四つも、五つも残っている地方都市に通学するようになった頃、映画館でやっていたのはヤクザ映画ばかりだった。しかし、私がヤクザ映画に熱中したり、つげ義春や萩尾望都を読みふけるようになったのは、大学生になってからだ。

去年の冷夏、妻と道東を旅した。岬がそこにあることは知っていたが、そこまで行ってみることが億劫な気がして、途中の「花のひともと」を、妻が岬から戻って来るまでの間ずっと見続けた。岬から見える海のきらめきはどれほどまぶしかったことだろう。私は、いつの間にか五十歳を越えている。

未収録詩篇

冬の始まり

スティーブン・キングは言っている
「われわれは、現実の恐怖と折り合っていくため
　の一助となるべく
ホラーを生産しているのだ」と。
そうだ
私が未だ詩などを書いているのも
確かに「現実の恐怖と折り合っていくため」かも
　しれない。
あの、震災の後の
あの数年前の
群馬の平野部でも大変だった、大雪の時
父はまだ生きていた。

あの日
後にも先にも
群馬の平野部では
あんな大雪を見たこともなかった。
それでも
あの大雪を共に体験できたのは
良かったのかもしれない。
いやいや、もっと禍々しい物語が必要だ。
あの大雪には何か秘密がなかったか
雪の重さで
実家の
裏の物置が傾いたのには
何か別の意味がなかったか。
倒れた日の午前中にも、車の運転をしていたとい
　う父
いやいや、父は死んだ後でも運転すべきだった
職場から病院へ駆けつけた私に

「もうダメかもしれないって」と言った母の顔が
まったく別の恐怖に変わるように
その時こそ
死んだ父が起き上がって
また、大雪を降らせ
我々を恐怖のどん底におとしいれても良かった。
三回忌も済んだのに
ごく普通に死んだだけなのに
身近な者が死ぬことが
こんなにも重く
いつまでも終わることもなく
いつまでも、いつまでも
腹の奥底の方で
疼くような
痛みが続き
ホラーよりキツイなんて
考えもしなかった。
ああ、そうか
それが「冬の始まり」ということだったのか。

（「詩的現代」25号　二〇一八年六月）

ブラック・ホール

あれは、どういう状況だったのか
近所の主婦が集まり
たくわんを食べながら
お茶を飲み
近所のうわさや身の上話をしているのを
まるで、そこにいない人のように
炬燵（こたつ）で寝転びながら
聞いている私がいた
（私は、その時、何歳だったのか）
まるで、世界を操るように

喋り散らしていた母がいて
それを
炬燵で寝転びながら
聞いている私がいて
（私は、その時、いったい何歳だったのか）
大人の話を聞きながら
炬燵で寝転んで聞いている私は
ふんふんと
まるで、世界が分かったとでもいうような気でいたが
（あっという間に半世紀以上が過ぎて）
今はもう
死に行く母は
思うほどに、苦しそうでないのが救いであるものの
ブラック・ホールの撮影に〝史上初めて成功〟の
ニュースが流れた翌日

目をつぶったままの母親を有料老人ホームで見舞い
少し喘いでいるようにも見える、老いた母の姿が
まるで、ブラック・ホールに吸い込まれるようだ
と思いながら
のど赤き、玄鳥（つばくらめ）を幻視し
その日
私の詩は
何よりも私自身にとって必要だった

（「詩と思想」二〇一九年十月号）

エッセイ

ある詩人の死──清水節郎

清水節郎が亡くなったのは元旦だった。一九九三年一月一日、享年四十八歳。最後の詩集『男性』（現代企画一九八六年）を出した後、ずっと詩の発表もしていなかったので、彼の死を聞かされた人々は一様に意外の感にうたれた。たとえば、久保田穣は一九九〇年ごろのある日、前橋の中央公民館の玄関のところで節郎に会ったのだという。久保田穣は所属している同人誌の会合のため、足ばやに玄関に入る。と、正面から来る人物が清水節郎であることに気づく。すれ違いざま「ヨオッ」と声をかけるが、節郎は「まるで目を合わすのがつらいかのように」通り過ぎる。久保田穣はあっけにとられ、その節郎の拒否の姿勢が透明な棘のように心に刺さる。あとで考えると、姿も異様だった。節郎は「草履をはき、和服姿」だったのである。

多くの人々が「何かあったんだろうか」と、時に清水節郎のことをうわさし合った。だれもかれもが、気がついてみれば節郎と音信不通になっていた。ある同人誌は、後記に「同人清水節郎氏の音信永く絶無のため、止むなく同人名簿から一応削除した」と記さざるを得なかった。少なくとも群馬県内において、「忘れることのできない颯爽たる一時期」（富沢智）を築いた節郎の姿を知るものたちは首を傾けるしかなかった。と同時に、節郎とぶつかり、その余りに派手なスタンド・プレイに反発していた人々も、少々肩すかしを喰らったような気にさせられていた。清水節郎はまちがいなく、自ら関係を断ち切っていたのである。そう思ってみれば、詩集『男性』のあとがきには、「とくに前詩集『箕輪有情』（ワニ・プロダクション　一九八三年─引用者）刊行後は、現代詩の現場から遠い場所で生きてきた」などという記述もある。天笠次雄は、節郎の「詩人とはつき合いたくないんだよ」

という言葉を聞いている。周囲からも、節郎の最も身近な詩人と目されていた富沢智からして、「彼が詩の仲間の誰とも親交を絶っていたとは思えなかった」と述懐しているぐらいである。だれもが、自分以外のだれかとは何らかのつながりを持っているのだろうと、根拠もなく考えていた。しかし、節郎は意識して詩を捨てていたのである。詩集『村の四人』（青磁社　一九七六年）は、文字通り四人の共著だが、その一人、堤美代に対して、結局は未投函のままに残されていた手紙の一節には、次のように書かれている。

詩を書くことを拒否して生きていけるか？　という問を自分に投げかけ生活してから早いもので五年の歳月が流れました。
それは詩がなくても生きていけるんだなという変な自信になってきております。
なぜ詩を書くのか？　と自問し、その答えが見つからず、その問から逃れるために詩を書いていた。というのが、かつての詩人節郎の姿だったのです。

拒否も沈黙も孤立も、すべては〈詩〉によっている。もう一度、確認しておきたいが、この手紙は未投函なのである。詩人としての清水節郎は、拒否や沈黙の表明もしないまま孤立していたのである。そして、あちらこちらに「和服姿」の節郎が歩き廻り始めたのである。富沢智は「詳しいことは分からないのだが、踊りをやっていることは知っていた」という。梁瀬和男は「彼が詩作品を発表しなくなってから、『剣舞』の道を進んでいる——という噂を聞いていた」と書く。節郎が死んで、それが誤報であることがわかる。節郎がやっていたのは「詩舞」というものだった。ふたたび、堤美代宛の未投函の手紙から——。

現在は？　と云えば、短詩型の世界を肉体で表現することに生涯をかけております。大きなものは「平家物語」、ちいさなものは啄木の短歌まで、その意味から云えば〝詩〟から離れていないのかもしれません。四、五年先になるでしょうがリサイタルをやるつもりでおります。その時は貴姉の詩を舞台で表現してみたいと考えております。舞踊の世界でも、マイナーな道を牛の如く生きております。

この手紙の署名は、「美扇鶴宝」となっている。もはや清水節郎は「美扇鶴宝」という、見も知らぬ人になってしまった。仮に、本当にそうなってしまったのなら、さまざまな人が、さまざまに「節郎さん気の毒です」（中上哲夫）などと感じることもなかったことだろう。まちがいなく清水節郎は、詩人の死を死んだというべきである。

美扇鶴宝に「四、五年先」のリサイタルはなかった。ちょうどその頃、定期検診で胃癌の宣告を受けることになる。「たまたま、前年の検診をうけなかったことが、文字通りの命取りになったらしい」。既に「手遅れ」であった。富沢智は、その最期を見舞っている。

私が見舞ったとき、清水節郎はもうまともに話すこともできなかった。それでも、話をした。何といって励ませばいいのか。すぐに言葉は底をついた。しばらくは顔を眺めていた。節郎さんは宙を見るような目をしていた。別れ際に彼は手を出してきた。私は少し驚いたが、その手を握り返した。実は、「シャガール」で、いい別れ方をしていなかったのが、私には気にかかっていた。そのことも、なにもかもが、あたたかい握手には含まれているように思えた。間に合ってよかった、という思いと、もっと早く来るべきだったという悔いとが錯綜した。

富沢智が、清水節郎といっしょにやっていた詩誌「榛名抒情」（それにしても、すごい名だ！）から手を引くとき、節郎がそれを快く思わなかったという事情があり、それを境に、二人はすれ違っていたのであった。

清水節郎の〈詩〉について語る人で、泉谷明の影響を語らない人はいない。経田佑介は、清水節郎の詩を初めて読んだとき、「泉谷明が別のペンネームを使ったと錯覚した」ほどだった。「清水節郎の詩は泉谷明のコピーに過ぎない」（山本博道）などとも言われた。

一九四四年三月三日、群馬郡相馬村（現、箕郷町）大字柏木沢今宮二三〇番地に生まれた清水節郎が、最初の詩誌「グループ杭」を出したのは、一九六二年、まだ十八歳のことである。しかし、清水節郎が詩人として周囲から認められるようになったのは、やはり泉谷明の影響を全身に浴びてからのことであるといっていい。

ぼくあるく原中ッ原道路二十分役場の机にたどり
ついたときぼくらに百姓をぶっ殺せとさしずす
る奴らは遠い彼方のソファーでたかいびきだ
汚れをしらぬことなかれあんぽんたん主義国家よ
泉谷ひとり岩木山にとじこめたとてなりをひそめ
たと思うな深雪わけてあるいているぜ
暗い
怒りの
十三湖底
陽のあたらぬ日本海
竜飛崎断崖にたつ泉谷よ
連帯線を遮断されたぼくらの世界はくらくらくら
い
（「まなこぎらぎらまばたきせんでぇ」部分）

詩集『箕輪日誌』（青磁社　一九七三年）所収の一篇である。見られる通り、清水節郎は役場に勤め、休日に田畑に向かっていた。「貧しい百姓兼地方公務員ミスター・セツロー」の登場である。節郎は激しく泉谷明を求めている。それにしても、節郎は泉谷明に何を求めていたのであったか。

一九七九年の春、清水節郎、中上哲夫、天野茂典、富沢智らは、連れだって「東北大旅行」に出る。富沢智は回想している。「例によって節郎さんの計画で、私はどんないきさつでそうなったのかは知らなかった」。車中で大宴会をくりひろげ、「春の嵐の中」弘前駅に着く。出迎えには泉谷栄、岩崎守秀が来た。その日、節郎はなぜか「緊張気味」で、「確か泉谷明は夜になってにぎやかに酒場に現れ」る。当夜は泉谷明宅に泊まることになるが、「清水節郎は意外に静か」なので、富沢智は驚いている。旅はさらに弘前から仙台へと続き、仕事の都合で帰京した天野茂典を除き、一行は、仙台で原田勇男、佐々木洋一、高村創らと会う。そこでも富沢智は、よく「気配り」している、「古風な常識をわきまえていた」節郎を新鮮な思いで見ている。富沢智は述懐している。「彼の激しい路上詩と人となりの間には、不意にすれ違いになりそうな距離を感じるときがあった」。考えてみれば、その清水節郎の姿は、『路上』を書いたジャック・ケルアックの姿にちょっと似ているかもしれない。その気もなければ、そのタイプでもないのに、——小さな〈群馬〉という舞台ではあったが、その舞台の上で精一杯に踊ってみせたのだから。

天から
緑の風が落ちてくる美しい水の辺りで
ぼくは濡れた石にこしかけてソーダ水を飲んでいる

いっこの石にさえも陽があたる事実に
首をかしげることはないのだが
なんて明るい青春の日々を走ってきたのだろう
7月の西天ってのはセンチメンタルにながめると
血のいろをしている
ここぼくの聖なる榛名白川上流には誰もいない
かるいぼくの生涯だけが
病葉の上でさかだちしているだけだ
その影のゆれる様子をながめながら
ぼくはちいさな男根をにぎりしめ
うすい男の色気を
誇らしげに清流にひたしてみたりする
草深い上州榛名山麓で

満天の星を食べてきたぼくの魂に
郷愁
なんてふやけた国語はぶらさがってはいない
（中略）
ぼくにはジャズもＬＳＤもアルコールも週刊誌も
　職場も無用
魂の音響を水と空と草木に交感させてぼくは叫ぶ
セツロー・インザ・スカイ！
ぼくの男根を軸に宇宙は回転しているのだ
ぼくが傾けば全世界のサイレンがいっせいに鳴る
（中略）
ビール瓶のむこうがわで抒情の水が噴きあげてい
　るか
ぼくはついに
死にゆくための場処を発見せり！
もうこれ以上ジャンプできぬ水と天の境界にたつ
ぼくの土ふまずから
緑の風が
水しぶきをあげて天に駆けのぼっていくのを発見
　したのだ

たとえば、「激しい路上詩」とは、このような作品を挙げておけばいいのだろうか。詩集『カントリー・ブルース』（ワニ・プロダクション　一九八〇年）の中の「榛名白川上流にて」という作品である。天野茂典に捧げられたもので、略した部分に、天野茂典の東京での朗読会と思わせる様子が書かれている。節郎はパワー全開で、これ以上ないくらいにハイな状態になっている。〈東京〉に対して〈榛名白川〉を屹立させようという熱い思いが、ストレート過ぎるぐらいに伝わってくる。ジャズやＬＳＤやアルコールに対して、「水と空と草」を出しているのはいいとして、それが「抒情の水」につながってしまうあたりに、表面的な激しさとは別な、少々ウブなところが垣間見えてしまう。それはそれとして、用語として「ジャズ」や「ＬＳＤ」や「アルコール」ということばに触れている部分で、節郎は〈路上詩〉というものを意識していることがわかる。アメリカの本家の『路上』とは無縁だとしても、――もしくは、それでかえって自らの〈カントリー〉を意識せざるを得なくなったということにせよ、ここでの清水節郎は、時代というものに確実に出会っているようにみえる。清水節郎は、〈路上派〉の一人として挙げられたりもしているのだ。そもそも、〈路上派〉とは何か。

一九六〇年頃から、諏訪優らによって翻訳・紹介され始めた、ビート・ジェネレーションの詩人たち（ジャック・ケルアック・ウイリアム・バロウズ、アレン・ギンズバーグ等）の影響を受けた日本の詩人たちがそう呼ばれ、「固有名詞の多用、歩行の（ときには疾走の）ビートに乗ったリズム」（中上哲夫）を特徴とし、「詩の朗読運動」（経田佑介）をよくした。

代表的な詩人は、中上哲夫、八木忠栄、泉谷明、経田佑介。一九七八年に中上哲夫の編集で発行された、詩誌「飛行船」企画の〈飛行船叢書〉に並んだ名前には、前記の詩人の他に、諏訪優、木澤豊、天野茂典、原田勇男、山本博道、清水節郎、泉谷栄の名前が並んでいる。もっとも山本博道は、「『路上派』という名の下に括られる詩の書き手の一人であることを快く思っていず」、その一部の詩人を批判したりもしている。他に、仲野亨子、岡田幸文、仲山清、辛鐘生、支路遺耕治、直井和夫等の名を挙げておいてもいいかもしれない。

ビート・ジェネレーションがそうであったように、日本の〈路上派〉も、文学の流派としては運動体と呼べるものではなく、結局のところ「ルーズな関係のグループ」（中上哲夫）にすぎず、個人的な関係の累積によって成り立っていた。その関係を支えたのが、同人誌と朗読会である。

まず同人誌をみてみると、『ドラムソロ』（天野茂典）、『ブルージャケット』（経田佑介）、『カウボーイ』（辛鐘生）、『緑の馬』（山本博道）、『クリシェ』（直井和夫）、『天文台』（諏訪優）、『詩現象』（仲山清）、『他人の街』（支路遺耕治）、『榛名抒情』（清水節郎）、その他、『いちばん寒い場所』、『鰐組』、『阿字』等々。

朗読会については、あまりよい資料がないが、ほんの一つ、二つ挙げておこう。岡田幸文は毎月第二土曜日の夜、東京・青山の「エルグレコ」という喫茶店で朗読会をやっていたことがある。残念ながら、その時期を確定することができない（補注）。また、一九七九年から八〇年にかけて、群馬・高崎の喫茶店「あすなろ」で、詩誌「榛名抒情」主催の〈ポエム・ボックス〉という詩のイベントが開かれた。ゲスト名を一応挙げておくと、谷川俊太郎、荒川洋治、天野茂典、仲山清、辛鐘生、山本博道などが参加している。

こうして事実関係を書き写し続けることに何か意味でもあるだろうか。これによって清水節郎の〈詩〉がいくらかわかるだろうか。考えてみれば、清水節郎はこうした関係の網の目の中で、ついに何者にもなれなかったというところに、彼の不運があったようにも思われてくる。

榛名白川が傾けば
ぼくも傾く
傾きつつ交通安全都市宣言のアーチをくぐると
雪がふりだす
城下町箕輪の古い土蔵を改造した酒場「城」のカウ
　ンターによりかかり清酒友鶴をあおるぼく
幻のイマージュ
きっと津軽の海は荒れているだろう
ぼくは古のレールの上を
不具のアヒルのように片足で跳んでいる
突然
あなたの詩句がぼくを激しく撃つ
〈人間滅びてゆく血のありか〉
上州の空が津軽の海が騒ぐ
そしてぼくは言葉を失う
あなたが弘前市営陸上競技場で巨大なペニスとと
　もに疾走しているとき
言葉は世界の半分の夜にひろがっている
ああなんて箕輪は寒い場所だ

世界でいちばん寒い場所だ
そしてぼくの魂は深い飢餓の底で泣いている

（「朝まで待てない」部分）

詩集『カントリー・ブルース』の中の一篇である。ここには「固有名詞の多用」がある。しかし、そこに「ビートに乗ったリズム」があるのかどうかは知らない。たぶん朗読しやすい詩ではあるだろう。散文脈なので意味はわかりやすい。ところどころ、文章でいえば「改行」に当たる部分や、強調すべき部分で、一行は極端に短くなったりする。詠嘆的になり、思い入れたっぷりの抒情が、そこではためいている。バリー・ギフォードとローレンス・リー共著の『ケルアック』の中の言い方を借りれば、「『わかりやすい手紙』の礼儀を無視して、印象に印象を積み重ね、ページからこぼれおちそうなほど、それは生命感にあふれている」といってもいい。

清水節郎が呼びかけている「あなた」は、言うまでもなく泉谷明である。泉谷明の詩（もしくは、その詩形式）を、清水節郎は「深い飢餓の底」で求めている。その様子がよくわかる。心の底にある、ねじれるような一つの異和感が、かたちを求めて叫び声をあげている。その叫びの強さが目の前の現実を乗り越え、「津軽の海」を幻視している。

「榛名白川が傾けば／ぼくも傾く」というのは、本当は逆立ちしている。ぼく自身が傾いたので、すべての風景が傾いて見えるのであろう。ねじれるような一つの異和感を表に出すことによって、出発が告げられている。だから、「交通安全都市宣言のアーチ」は、逆に、危険な旅立ちへの入口になるのである。幻視の風景の中では、「雪が降り出す」。作者は、それが「幻」であることを百も承知している。酔っ払っているのである。いいや、酔わずにいられないのである。そういう自分自身の姿が、どれほどぶざまに見えるのかについてもわかっている。「古のレール」や「不具のアヒル」という表現が、それを示唆している。しかし、幻視は、ますます激しくなる。「上州の空」が「津軽の海」のように騒いでいるのだ。

その時、作者は自らの「言葉を失う」ほどに、泉谷明の詩にその身を投げかけているのである。「言葉」は今、「弘前市常陸上競技場」で「疾走」していて、作者はそれを強く求めてはいるが、激しく遠ざけられている。この「朝まで待てない」の後半では、泉谷明の「熱い唄」は「津軽富士の雪をとかす」ほどであるし、「凍った魂を川底からすくう唄」なのであるとされている。その意味では、清水節郎は「生命感にあふれている」のではなく、「生命感」を求めているのである。節郎は「弘前市営陸上競技場」で「疾走」している「巨大なペニス」を求めているのだから。

こうやってゆっくり読んでみると、「凍った魂」を川底で「石」にしている節郎の悲しげな姿ばかりが目立つ。あの「榛名白川上流にて」の激しさがウソのような気がするくらいである。いやいや、あの中にも同じ抒情がはためいているというべきだろうか。

同じ詩集『カントリー・ブルース』の中の「駄作」という作品では、「おふくろや妻や小さな娘までが／ぼくの悪口をいいあっている」様子が自嘲的に描かれている。また、詩集『箕輪有情』の「哀しき夜」では、「なんのとりえもない心よわい私」の家族を守る姿が、リリカルに描かれたりもする。「かたちよく生きよう」(「田舎ではかたちのいい星が見える」)と考える節郎は、いつでも、そうではない自分自身に思い至っているのである。真面目な公務員兼農民で、その土地から離れることのできない節郎は、決して「ミスターセツロー」などではなかったのである。

岩木山麓
野の道を走る
ああ爆音
自衛隊機が勇ましく飛ぶ
きらきら
沈思黙考
ぼくだけには墜ちてくるまいの平均的日本人
預金6万六畳二間

巨大にインポ眠る
ちゃちだよちゃちだよ
豚泣け
家泣け
犬も泣け
ぼく走る
走らねばなるまいさ
人間そんなにまっとうか

（「人間に関する序あるいは私見」部分）

これが泉谷明の詩である。詩集『人間滅びてゆく血のありか』（津軽書房　一九七二年）から引用した。比較してみれば明らかな通り、作者の思いは社会的批判となり、その返す刀で自己を斬り、その苦悩を「人間」そのものもんだいとして普遍へ向けて投げ込んでいる。ここには、清水節郎の詩についてみられたような過度の詠嘆がない。清水節郎が泉谷明に求めたのは、「ちゃちだよちゃちだよ」という自己認識のシャープさや、「人間そんなにまっとうか」という思想の太さではなかったろうか。泉谷明と清水節郎の、どちらの詩がいいとか、わるいとか言うつもりはない。ただ節郎はそれを求め、それを手に入れられなかったという事実が残るだけだ。

おれも
きみも
この榛名山ろくの
片田舎で生れ沈んでいくんだな
おれ六十歳
きみ二十五歳
おれがあっちからあるいてきて
きみがこっちからあるいてきて
やぁと手をあげ
別れられなくなっちまった
であいってのもあるんだな

きたねぇ酒場で盃を交わしあい

おれはあるいてきた生涯をわすれるために
きみはあるいていく生涯におののき
肩よせあっているんだ
おれの生涯のなかにきみを呼びこもうとするおれ
と
きみの生涯のなかにおれを呼びこもうとするきみ
がいる
とてもブルーな世界じゃないか

おれが二十五歳になり
きみが六十歳になり
この榛名山ろくの
坂みちをのぼっていくのは
なんぎのことだが
つめたいから っ風に吹かれて
酒でものんでいようぜ
なっ

（「うらぎるなよ」全行）

これは佳作である。詩集『カントリー・ブルース』中の絶唱といっていい。シャープさは微塵もなく、濡れきっているが、その濡れ具合がセッロー節とでも呼びたくなるほどである。宿命に自ら流される流され方に強靱なものを感じるのは、たぶん私だけではないはずだ。

おそらく、作者は三十五歳の時に（もしくは三十五歳時のことを）この作品に書いている。それは作者にとって決定的な年齢となった何かが、その時にあったのだ。それから二十五年が過ぎて六十歳になったとき、その二十五年間そのものと、「やぁと手をあげ」出会う瞬間が幻視されているのである。二十五年間の〈詩〉が、六十年間の〈人生〉と円環を結ぶ瞬間が夢想されているのである。それが「うらぎるなよ」という題名なのだから泣ける。甘いとは思うが、泣ける。

ところで、私は清水節郎に会ったことはない。生前、その詩も知らなかったし、その名前すら聞いたこともなかった。もっとも、清水節郎が群馬でさかんに活動していたころ、私は千葉県にいたのだから、それも当然だったかもしれない。活動の場としての同人誌が重なることもなかった。彼が死んだあと、『群馬年刊詩集』第十六集で、右の「うらぎるなよ」と「朝まで待てない」という作品を初めて読んだのである。だから、富沢智編集の『水の呪文』31号=清水節郎追悼号（一九九三年七月）をみるまで、この詩人の全体像を知ることもできなかった。この文章は見られるように、清水節郎追悼号のコラージュであるしかないかもしれない。ただ、私は彼の詩だけをたよりに彼の姿を描いているのだ、ということだけは、もう一度はっきりと言っておいた方がいいだろう。

結局のところ、私は清水節郎の死の背後に、彼の詩の挫折を見ているのである。清水節郎が泉谷明の詩に求めたのは、全的な一種の自己開放であったといっていい。土地や家に縛りつけられている自分――節郎お得意の用語でいえば〈血〉からの自己開放である。あの「榛名白川上流にて」という詩に、それはよくしめされている。しかし、そこにおいてさえ、彼は自己開放の弾機として、ジャズやLSDやアルコールを求めるのではなく、それらとは対照的な「水と空と草」を提示し、時には「いいぞ青空」と叫んでしまう健康さを持っているのである。それでどうして自己開放などあり得ようか。「セツロー・インザ・スカイ!」などということは、その言葉に反して夢想でしかないのである。だから、やがて「片田舎で生れ沈んでいくんだな」とあきらめるしかないわけだし、「うらぎるなよ」と、その宿命を自ら背負い、「酒でものんでいようぜ」ということになるわけである。

詩集『男性』には、「一九六九年一月十七日父五十六歳ぼく二十二歳」（「帰ってきなさい」）の時、故郷に連れもどされる話が書かれているが、たぶん、現実の上でもそれに類する、挫折の体験があったようにみえる。もちろん、それで清水節郎の詩を説明しようというのではない。それとはまったく無関係に、節郎は〈詩〉において挫折しているというのである。

清水節郎の詩について語る多くの人が、詩集『カントリー・ブルース』で彼が〈詩〉のスタイルを変化させ、「この詩法を見つめ直し組み替えている」(山本博道)ことを指摘している。しかし、私はそういう論に与することはできない。人によっては、そこで泉谷明の影響から脱して、節郎が「独自の詩」(中上哲夫)を書き始めたのだという。仮に本当にそうだとしたなら、清水節郎が自ら詩を書くことをやめることもなかったろう。

このことははっきりと言っておきたいと思うが、詩集『カントリー・ブルース』の「ひとだま」以降の詩篇は、衰弱していく詩人の姿をみせている。清水節郎の「暗い系図」や「〈血〉の部分」を重くとらえることは、人それぞれの自由だが、〈詩〉としては衰弱している。そういう言い方が適切でないなら、〈詩〉よりも〈現実〉の方が前面に出すぎている。だから、たとえば詩集『箕輪有情』の「風雲箕輪城」などは、力作であればある分だけ上滑りに滑りまくっているといえる。それは、節郎自身が十二分に承知していることでもあるから、「〈ふるさとに帰ろう〉/と唄った粋なジョン・デンバーめ/きみの抒情はこの田舎でみごとに拒絶されている」(「泥だらけの肴」)と歌わざるを得ないのではないだろうか。彼の〈カントリー・ブルース〉も結局、「田舎」に「拒絶され」るしかないのである。

詩集『カントリー・ブルース』の中には、かつて詩集『村の四人』に発表された詩が一篇、再録されている。同様に、詩集『箕輪有情』では、「牛になってみる」「詩三篇」「帰郷」が再録されている。本当は、過去の作品を詩集の構成上再録することは特別に言いたてるほどのことではない。テーマの上でのこだわりということもあるのかもしれない。だが、そうは簡単に頷けない点もある。たとえば、詩集『村の四人』の中の「カントリー・ブルース」という作品は、「うらぎるなよ」(詩集『カントリー・ブルース』)の原型であるのと同時に、「哀しき夜」(詩集『箕輪有情』)の原型でもある。そのような作品の深化が一方にある以上、多くの詩篇をそのまま再録するということは、やはり創作に対する衰弱を示しているのではないか。清水節郎は自らのテーマを失っていったのだと思う。

風呂の中で
死体のかたちをしてみた

よこたわったり
たったり
うつむいたり
あおむけになったり

（「ほろほろ」部分）

最後の詩集『男性』の中から一篇引いた。これは、〈詩〉が死んでいくことの比喩のようにさえみえる。清水節郎は詩を書くことによって「田舎」からの自己開放を図った。その弾機となったのが「水と空と草」であり、「田舎」そのものであるのだが、彼が真に自己開放を求めるがゆえに、「田舎」は彼の〈詩〉を拒絶する。その二律背反をぬける方法を、ついに清水節郎は持つことができなかった。彼の〈詩〉はそこで挫折する。私は節郎を批判しているのではない。彼が真摯であるからこそ、それら、からまることのない二つがからまり、清水節郎が身もだえしなければならなくなっているのだというのである。その身もだえの頂点で、「うらぎるなよ」や「朝まで待てない」などの佳作が成立しているのではないだろうか。逆説的に言えば、それらの作品は、挫折そのものを体現しているからこそ、なんとも形容できないほどに美しいのである。

（「東国」105号　一九九八年六月）

（補注）直井和夫氏のご教示により、朗読会は「東京詩学の会」主催で、一九八〇年五月から毎月の八回、一九八一年は隔月で偶数月に六回開催されたことを知った。

追悼・下村康臣

残念ながら下村康臣さんに会うことはなかった。生年月日も、その人となりも知らない。ただただ、その作品のいくらかを知っているばかりである。私の評論集と詩集を送ったことはある。返事はなかった。それを非難するのでは、もちろんない。私自身も返礼をすることはほとんどないのに、どうして人のことをあれこれ言うことがあろうか。それに、聞けば下村さんは入院していたようである。そもそも読んでいただけたかどうかもわからない。むしろ今は、最後の力で長編詩を推敲していた時に、私のうすっぺらな作品が、下村さんを煩わせなかったことだけを祈りたい気持だ。

詩集『室蘭』『リサ、リサたち　リキ、サキたち』を送っていただいたのは、その死の直前だった。さらに、仲山清さんからのファックスは、「いま、下村康臣さんの三部作の最後、『跛行するもの』が、校正の段階に入っています。初校だけは見たいと言いながら、初校のプリントを受け取っただけで力尽き、十六日に札幌の病院でなくなりました。」という緊張感あふれたものだった。その時から一ヵ月近くが経って、詩集も二度ほど通読したが、やはり平静には読めないので、感想もうまくまとまらない。

それでも「室蘭」の出だしの部分などには、ちょっと普遍的な感じさえ受ける。とてもいい。少し暗く重いが、ことばそのものは軽やかな歩行のリズムをもっていてやわらかい。まだ『跛行するもの』を見ていないので三部作全体は見えないが、想像するに、『室蘭』では〈世界＝行動〉、『リサ、リサたち　サキ、サキたち』では〈性＝言葉〉が描かれていることからすると、『跛行するもの』では〈自己＝夢想〉が扱われているのではないかと思われる。くりかえすが、今はそれらの詩を、とても人ごととして平静に見ることはできないので、語るべきことはなにもない。ここでは、「鰐組」のバックナンバーをめくっていて、心に残る詩篇があったので、それを引用させていただいて、哀悼の意を示しておきたい。

曲った足で歩きながら
薄く、軽く、こんな表現では
足らない位になっている
ずい分ひきずり廻したものだ
崩れた壁を伝って
石の深みに入って行ければいいが
結局こうして何も解らないまま
混沌をもう一度混沌に返して
来たときと同じように
消えて行くんだな

（「黒い袋」部分）

（「鰐組」174号　二〇〇〇年五月）

＊　下村康臣（しもむら・やすおみ）　一九四四年十一月二十二日生、詩集は本文中の三部作（ワニ・プロダクション二〇〇〇年）以外に、『石の台座』（岩波ブックセンター一九八八年）。二〇〇〇年三月十六日没。『鰐組』174号が追悼号となっている。また、二〇〇二年に、妹である松本多美子氏の意向を受けて、詩誌「鰐組」の発表作品をワニ・プロダクションの仲山清氏が編集・発行した『黄金岬』『ハドソン河畔の男』『ビッキの外れ』という三冊の詩集がある。

小山和郎さんのこと

遥か昔、小山和郎さんからいただいた手紙が、今でも忘れられない。

その頃、私が詩誌「詩学」の座談会[*1]に呼ばれたことがあった。まあ、ぱっとしない企画で、まだ余り認知されてはいないが、新人というわけにもいかない三十代中心の詩人を何人か集めて、当時、「詩学」の詩集評をしていた川岸則夫さんの司会で行われたものだ。

その数日前に、小山さんから一通の手紙が届いた。私が千葉の市川市に住んでいた頃のことだ。まだ、小山さんと一面識もない時である。以前、詩誌「東国」の感想を求められて、書いて送ったことがあるという関係でしかなかった。私は吾妻の生まれで、高校までは群馬で育ったものの、東京にある大学を出て、千葉に就職をし、詩を本格的に書き始めたのは就職してからのことだった。後に、群馬に帰り、よりにもよって、その小山さんの家のすぐ近くに住むことになろうとは思いもよらなかった。

私が最初に入った同人誌は、千葉の詩誌「光芒」である。そこから、「詩的現代」などを経て石毛拓郎や永井孝史、村嶋正浩などの「イエローブック」に誘われた。座談会に呼ばれたのは、川岸則夫さんも「イエローブック」の同人だったからであろう。たぶん、小山さんは誤解をしたのだと思う。「イエローブック」は東京の有力な同人誌で、愛敬浩一というのはそこそこ知られた詩人なのだと考えた節がある。

小山さんの手紙は、大よそ次のような内容だった。

――自分の所属する「東国」という同人誌からは大橋政人という者が今回の座談会に参加する。ついては、よろしくお引き回しをお願いしたい。

私は、手紙をいただいて、かえってびっくりした。これでは私が名のある詩人で、先輩みたいではないか。会ってみれば、大橋政人という人は私のずっと年上で、どこへ行っても臆することのないような人物である。実際、座談会では大橋さんは大活躍であった。

群馬の詩人仲間では、酒を飲んでの論争といえば、まず小山和郎さんと大橋政人さんだろう。さまざまな場面で、二人とも、派手な口喧嘩をしたものだ。それを思うと、昔、私が小山さんからいただいた手紙は不思議な気がしないでもない。しかし、大橋さんの才能を認めていた小山さんの思いは、まちがいなく手紙の中にこもっていたのだと思う。もちろん、それは大橋さんに対してだけではなく、多くの人に向けられた思いでもあったはずである。

結局、小山和郎さんは一種のオルガナイザーだったのではないだろうか。多くの人に声をかけ、多くの人を励ましたほどには、自分の仕事をしなかった。本当ならもっと自分自身の詩集をまとめてもよかった。だが、小山さんは自分で書くよりも、具体的な相手に対してしゃべり続けた。

そうだ、そもそも考えてみれば、私は「東国」という同人誌に入会すると正式に返事をしたことはない。群馬に帰って来て、何かの酒の席で、小山さんと話をしていて自然とそういうことになったようなのだ。だまされたような気がしないでもない。

最後は、やはり、多くの人と同じように小山和郎さんに対して、感謝の言葉を述べなければならないだろうか。詩誌「東国」には、大橋政人論や岡田刀水士論を連載させてもらった。小山和郎論も生前に書いておくことができた。小山さんの不定期刊の個人誌「幇」には、太宰治の弟子であった戸石泰一論を書かせていただき、私としては久しぶりに小説家についての批評を書いた。それが「文学界」の同人雑誌評で取り上げられたことを教えてくれたのも小山さんだった。今、コミュニティーマガジン「い」に私が詩論ではないものを書き続けているのは、それがきっかけである。

一昨年の、境図書館での講演会も思い出深いし、FM

いせさきの「伊勢崎の詩人たち」というラジオ番組の件で、去年の春は毎週のように会っていた。思い出せば切りがない。

二〇一一年四月十六日付の読売新聞〈編集手帳〉を読んだ妻に、小山さんがこんなに偉い人だったということを知っていたのかと、ただされたりもした。[*2]

（「東国」142号　二〇一一年八月）

*1　詩誌「詩学」一九八七年四月号〈いま、詩を書く、ということ〉。

*2　小山和郎（一九三三〜二〇一一）は伊勢崎出身で、在住の詩人。若いころに結核を患い、療養所で亡くなっていく多くの友人を悼み、読んだ「明日も喋ろう弔旗が風に鳴るように」という自由律俳句がある。それが、一九八七年に起きた朝日新聞社阪神支局襲撃事件の後、同局内に掲げられた。

書評　真下章詩集『ゐひもせす』（私家版）

二〇一二年の三月二十日という日を記憶して置こうと思った。

実はその日、真下章さんから、同人誌とかに比べると少々かさばるものが送られてきた。開けてみると、A4版・四百字詰の原稿用紙にきちんと清書された詩稿のコピーが、よく会社などで事務書類をまとめる台紙（何という名称なのだろう）に黒紐で閉じられていた。百枚以上のコピーである。きちんと数えてはいないが、五十篇近くの作品はありそうだ。一頁目に「ゐひもせす」の文字があるので、これが題名なのであろう。日本郵便のレターパックで送られてきたのだが、品名のところに「詩集」と、真下さん本人の字が書かれてあったので、まちがいなく「詩集」なのである。なるほど、こういう手もあったかと思ったが、奥付がない。そこで、私は、三月二十日を発行日と勝手に決めた。

真下章さんを知らない人もいるだろうから、念のために略歴等を掲げる。

一九二九（昭和四）年三月七日群馬県前橋市粕川生まれ。国民学校卒業と同時に、家業の農業に従事。一九七九（昭和五四）年、第一詩集『豚語』（私家版）刊行。一九八七（昭和六二）年、第二詩集『神サマの夜』（紙鳶社）刊行。同詩集によりH氏賞受賞。一九九九（平成一一）年、第三詩集『いろはにこんぺと』（紙鳶社）。他に、一九八九年（平成元）年に、現代詩人コレクション『赤い川まで』（沖積舎）がある。

ということは、今回の詩集は、第四詩集ということになるのだろうか。真下さんの詩集の多くを出してきた紙鳶社というのは、昨年亡くなった詩人の小山和郎さんがやっていた出版社である。いや、出版社というと誤解されるかもしれない。なんのことはない二葉印刷という、個人経営の小さな印刷所である。今回も、小山さんがまだ元気であれば、そこから刊行ということになったのだろうと思う。そう思うと、感慨深いものがある。今回の『ゑひもせす』の生原稿のコピーという形式も面白いのだが、小山さんがいれば、まちがいなく、そういうことにはならなかったからである。小山さんの手によって印刷されたことだろう。そう思うと、せつなくもなる。

小山和郎さんの家は、私の家からも近いので、仕事帰りにたびたび寄ったものだが、そういう、ある夜、小山さんの家に真下章さんが来ていたことがある。さて、それがいつのことなのか、もう思い出せないのだが、『いろはにこんぺいと』の後ではないかと思う。居間の炬燵で二人が話しているところに、私が上がり込んだ。しばらく聞いていると、小山さんが真下さんを慰めている。どうも真下さんはもう詩のネタが亡くなったというようなことを嘆いて、小山さんに、うったえていたようなのだ。それに対して、小山さんが真下さんから話を聞きだしては、まだまだあるじゃないかと励ましているようなのである。まあ、物静かな真下さんと、話し上手な小山さんのことだから、こちらが思い違いをしている部分もあるかもしれないが、小山さんはよくしゃべり、真下さんもそれにつられてあれこれ思い出話をなさっていた。詩集『ゑひもせす』を読んでいると、なんだかその時の話を聞いているような気さえする。誤解されると困るのだが、私はその時の話を憶えているわけでもないし、真下さんがその時の話を書いたという証拠もない。ただ、その時の真下さんの語り口というものは、まちがいなく、今回の詩集にもあるということである。

来る日も翌くる日も
奴の尻などながめながら
今日の糞は固いか軟らかいか色具合は
餌の食い残しはないか
鼻の頭の乾いているのは居ないか
呼吸の速いのは
再発情や分娩予定は何頭になる

などと明けても暮れても同じこと
今日と明日は土・日だから
餌は喰うなよ
糞もするなと云う理由にはならない
そんなこと繰り返しながら
気づいてみたらば
三十年だ

そうして人も豚も生まれ替り
死に代りして
縄文だとか弥生のむかしから生き継いで
今日まで来たのではなかったのか
それにしても
閑かに初霜などが溶ける朝
目覚めた仔豚の小さな耳がよ
屋根うらから通る陽のひかりに透けて
得も云えぬ美しい血の色を
ひろげて見せる刻

あれはいい実にいい
正に億年を生き続けてきたこの星の
いのちの色が映るからに違いない

（「そうだよな」部分）

いかにも、お馴染みの真下章さんの世界である。書き写してみて、改めて、うまいなあと思う。細かい言葉にも神経を使っているのが、よく分かる。

さて、豚と人間には、大した違いはない。生きていることは同じように馬鹿馬鹿しくて、猥雑で面倒なことばかりである。にもかかわらず、たった一つでも何かすばらしいものが見つかると、それで我々は生きて行くことができる。驚くべきことには、私たちも、豚と同じように生きているのだ。もしも何かの信仰を持っている人ならば、「いのちの色」を見て「神よ」と呟くことだろう。何の信仰もない私は、それを「詩だ」と思う。

（「詩的現代」1号　二〇一二年五月）

詩誌「詩的現代」における黒田喜夫

黒田喜夫は、第一次の季刊詩誌「詩的現代」の創刊号（一九八〇年二月）から第四号（一九八〇年十一月）まで文章を寄せている。具体的には創刊号から第三号まで「わが時代『列島』へ」という連載を三回続け、第四号に永井孝史詩集『鉄道画報』についての書評を書いた。

一九八〇年というと、詩集『不帰郷』と評論集『一人の彼方へ』が刊行された翌年で、黒田喜夫は五十四歳になったところだが、四年後には亡くなってしまうので、晩年と言ってもいい時期である。詩誌「イエローブック」第五号（一九八五年七月）の座談会「黒田喜夫、怪物の痕跡」によると、黒田喜夫のところへ原稿を取りにいったのは永井孝史だったようだ。同座談会は、『黒田喜

夫 村と革命のゆくえ』（未來社）を刊行した長谷川宏をかこんでイエローブック同人が参加したものである。永井孝史は言っている。「どういう状態ならあの人は元気だといえるのか判らないけど、それでもねえ、例えば、春から初夏の気温が上る季節にお邪魔したら、わりとどの年でも元気な感じやったね。寒い時やったら、なんだか気分まで滅入って寝たきりの時もあったしね。」と。しかし、「詩的現代」連載の時期は体調がよくなかったようだ。「起きてこない時もあったし、ベッドの傍の時もあったしね。うーむ、80年とか81年の時なんかはそんな感じね。仕事とか、「詩的現代」とかで原稿取りに行ったね。「詩的現代」に初期のころ黒田さんは連載していたこともあって。原稿取りに行かなきゃ、原稿が郵便受けに勝手にコトンと入ってるって訳じゃないですから、あの人の場合は。そうだからといって、一日に四枚も五枚も書かしたら死んじゃうというやっかいな人だから、原稿取りといっても、並みの手段じゃいかないわけじゃない。」さらに、永井は言う。「黒田さんはそういう状態であっても、手を抜かないし、最後まで自分で清書しようとするしね。どんなに具合が悪くとも、自分で仕上げるような人だったから。字は綺麗ですよ。」

体調もおもわしくなく、ほぼ黒田喜夫らしい仕事もひとくぎりついた頃であればこそ、もう一度、自らの生涯を振り返りたいと思うのは自然なことだろう。「わが時代『列島』へ」の回想は、工場労働者として働きながら、ロシア語を学んだ日々から始まる。

十五年戦争のさなか（実際にはその終り近くだったのだが）、一九四三年（昭和十八年）頃に、ロシヤ語を学ぼうとおもいたったことがあった。その理由は、他のところで少し述べたことがあるが（『自然と行為』所収、中上健次との対談）、当時、東京・品川区大井の或る自動車気化器部品の工場の少年労働者であった私は、まず機械・電気系の工業校への夜学の権利を獲得してのち、同時に御茶の水のニコライ堂内にあったニコライ露語学校にもひそかに入学手続きをして、夕方五時、定時に仕事を終えると、実は週の大部分は露語学校の方に通ったのだった。

これが冒頭である。黒田喜夫は小学校高等科を出て、「一人の徒弟労働者として東北の農村から出京していた」。彼は当時を振り返り、自分の場合は「前借金八〇円で、満十四歳の時から満二十歳の徴兵検査までの年季修業」だった。にもかかわらず、その「身分制的な隷属関係」や「直接の搾取度のひどさ」に耐え切れず、「徒弟たちのサボタージュ闘争」によって年季契約を破棄し、「賃金労働者」となり、その結果、夜学へ通うことが出来たのだという。戦時下の、どんな思想的・組織的な支援もなしにそれをやり遂げたことが、いささか誇らしげに書いてある。

もちろん、黒田喜夫自身も、それは一方で「進行する戦争の総力戦的な性格が必然的に要請する生産機構の近代の流れ」によっていることを承知しているものの、戦争下の「社会の底部」で生きていた彼が、時代に触れるための一歩にはなったのであろう。

ロシア語は、黒田喜夫にとって「当時の胃袋と一体な知的な飢餓といったものをむしろ促進するほどの対象物」となった。彼は外国文学をもっと読んでみたいと思っていたが、それがロシア語となったのは、やはり「東北の農村」の出身という出自ゆえだろうか。当時の露語学院の様子なども興味深いし、相前後して詩人の関根弘が同じニコライ露語学院で学んでいたことを後に知る話なども「戦時下の一交錯」として印象に残る。

さらに、その当時、長谷川龍生はまだ中学生だったとか、谷川雁、鮎川信夫、吉本隆明はどこどこにいたとか、果てには、清水昶は生まれたばかりか、生まれかかっていたとか、あれこれ思い描いて、連載の一回目が終了する。

このままの調子で、黒田喜夫が詩的自叙伝を書き続けたとしたらどのようなものになっただろうか。連載の二回目には、村上一郎が言うところの悪い癖が出て、黒田喜夫の思いは目前の状況論に走る。

それでも、連載の二回目は、最後に関根弘の詩「樹」を引用したりし、最後を次のように締め括る。

> 烈しくなる米軍爆撃機の空襲の下、ロシヤ語習いの夜学も杜絶し、勿論そこでの関根弘との交錯などは全く知らないまま、働いていた工場の信州への疎開につれて、私が東京を離れたのは、関根弘の詩「樹」の多分生れるもとになった昭和二十年三月十日の江東地帯を中心とする夜間大空襲、同じく四月末の京浜地帯、蒲田、大森、大井にかけての夜間大空襲のあとの五月のはじめであった。

ところが、連載の三回目は、また同じことのくり返しだ。当時の雑誌「現代詩手帖」五月号の「勢力論の亡霊」という瀬尾育生の文章に噛みつき、批判を始める。不勉強ながら、私はそれを読んでいないのだが、詩誌「詩的現代」に対する批判と読める部分もあるようなので、黒田喜夫にとっては必要な反撃であったのかもしれぬが、黒田の文章を読む限りでは、まあ、黙殺し、無視してもよかったのではないかと思う。黒田喜夫には黒田喜夫にしかできぬことがあったはずだ。その一つが、この「わが時代　『列島』へ」という詩的自叙伝ではなかったのではないだろうか。

連載の三回目で話が戻るのは、結末部の、以下の数行に過ぎない。そして、そこで結局、中絶する。

> さて、筆を返さなければならないが、未来の『列島』の詩人との戦争下の覚えない交錯、ニコライ露語学院でのロシヤ語習いの場面からは、一年余り過った一九四五年（昭和二十年）八月十日過ぎの或る日、私は郷里の出羽・最上川の沿り（ママ）なる村落で、十五年戦争下のアメリカ軍により最後の空襲を受けつつ、すでに手元にきていた日本陸軍の「現役招集令状兵技兵」の招集日付と、あらゆる兆候から予想される大変化との時間のせり合いといったものを感じて

いた。

そうだ。その「時間のせり合い」こそ書いてほしかった。さらに、再び上京し、活躍した時代を回顧してほしかった。

先にも引用した「黒田喜夫、怪物の痕跡」という座談会の中で、長谷川宏が「ぼくがこの評論を書く時にね、70年代以降の世代には黒田喜夫は、ひどく受け入れ難いものだという感じがあったわけよ」と言っている。イエローブック同人の反応もさまざまだが、黒田喜夫と親しい永井孝史は例外としても、石毛拓郎、川岸則夫、村嶋正浩あたりに拒否反応はない。少なくとも、黒田喜夫の評論は苦手だとしても詩に対しての反発はない。とはいえ、詩誌「詩的現代」に連載している時期の黒田喜夫が孤立していたという認識はイエローブック同人にもあったようである。

長谷川宏は「そう、60年代の頃には、彼にのぼせているという感じだった。谷川雁とか、吉本隆明とかについてもそうでしょう。かれらが時代をどうみてるのかなっていうのがたえず気にかかる。ところが、70年代以降は黒田喜夫がこの時代をどうみてるのかなあ、というのはすぐに関心の対象にはならなくて、そういう意味で時代から遠い存在といった感じになっている」と言う。

確かに、時代は黒田喜夫のよっている根拠を軽々と越えたのだろう。しかし、だからと言って、黒田喜夫の詩や評論がすべて紙屑になったというわけでもない。村上一郎がくり返し、情勢論などに手を出すなと言ったのも、黒田喜夫の仕事を大事にしているからである。村上一郎は言う。彼には「むやみと情況を論じたがる多欲さがある。わたしには詩人にとってよいことと思えない」。「まことにまことに、黒田喜夫に告げておく。少しばかりの残された人生を大事にするつもりなら、よけいな欲道を捨てよ」と。

遠丸立なども、黒田喜夫の現実的な革命論などに対しては疑問をもちながらも、その心情には強く惹かれている。黒田が「『土地なき民』こそが、私たちの革命的人間像に具体的形式とエネルギーをあたえ、根底的にリアリティを保証するもの」（黒田喜夫「前衛詩人と農民現実」）という信念を唯一の武器にして、「ひるまずたじろがず真摯に孤軍奮闘しているさまは、ひとつの偉観といっていい」と遠丸は言っている。

　また、寺山修司は、黒田喜夫の詩を「呪いの詩」だと言う。だが、「彼が呪っているのは宿命などという霧のように手ごたえのないもの」ではない。黒田は「自分の暗黒物語のなかで、ほとんど狂気といっていいほどのはげしさをこめて『ゲリラ』になりかわった自分を空想しつづける」。

　何度も引用することになるが、座談会「黒田喜夫、怪物の痕跡」の中で永井孝史は黒田喜夫の立場を擁護する。

> 　黒田さんが古い友人たちと、徐々に離れていった訳は、彼が変わった訳じゃなくて、彼は一貫としている。黒田さん自身は革命の後退局面を書くことにおいて出発した詩人の訳ですね。何を獲得し、詩によって次にどういう時代を開いていくのかということを、自分で提起しなくてはならないというねそういう気持ちになっていたと思う。逆に、だから教条主義的で安住してはいられなくなっていくわけ。アイヌ歌謡とか南島歌謡とか、ありとあらゆる辺境的なものにまで、論点は未整理なままでも、出していかなくてはならない。次の時代をどういう時代にしていくのか、ということを提起しなければならないと、一貫して考えていた人ですよね。

　必ずしも「一貫して」ということを肯定的にはとらえられない。とはいえ、黒田喜夫が自己を晒し続けたことじたいには、やはり驚嘆せざるを得ない。昔、月村敏行が「黒田喜夫こそはもっともよく戦後を生きた者であると思う」と言ったことを、今さらながら思い出す。「スターリニズムにおおわれた混迷の時代としての戦後」を「黒田は手ぶらで生きた」のである。

永井孝史はさらに言う。

「黒田さんがアイヌ歌謡とか南島歌謡に依拠して、自分の思想的展開をせざるをえなくなったので、決して齢をとったからなんてことじゃなくて、思うに自分にとっての今世紀の革命運動てのは、もう捨ててしまっていたと思うのね。しかし捨てたからといってブル転したわけじゃなくて、新しい思想的展開の芽を何処かに見つけていこうとしたわけでさ。辺境の痕跡に目をむけることによって、そこに芽がみつかるかどうか判らないが、意識的に仕事をしていたと思うわけ。ぼくはそういう時代の方が面白い。

長谷川宏は、そういう永井に反論する。「ぼくはそうは思わないですよ。辺境に対する視点に運動の可能性をみるなんてことではなくて。もう少し自分の気持ちにぴったりくるものを捜していたという、すごく贅沢なことをしていたという気がしているの」と。

まあ、本人の意識とは別に、客観的な判断もあるだろうから、そこに黒田喜夫の「責務の意識」があったかどうかは見方が分かれるところであろう。ただ、永井孝史の言うように、孤立した時期の黒田喜夫の歌謡論などは、なんとも言えない凄みがあるように見えないでもない。人はいつも時代と共に歩くことはできない。思いがけず時代のスポットをあびることもあれば、知らぬ間に時代遅れになっていることもある。ましてや、その人物の詩や評論の価値がどれほどのものであるのかは、時代によって判定されるわけではない。むしろ、時代を越えていく仕事にこそ意味があるはずだ。

そうだ、そもそも最初から黒田喜夫は孤立していたのだ。別に晩年になってからそうなったのではない。彼は始めから孤立し、挫折し、そういう自分を晒し続けたのである。

最後に、初期詩篇から一つ読んでおきたい。村上一郎なら詩「河」をとりあげ、「またとない岸だ／泥水の無慈悲な純潔さだ」などというフレーズを引用したことだろう。私はやはり、詩「燃えるキリン」にしたい。卓抜で、色鮮やかな比喩を黒田喜夫はスペインのシュールレアリストであるサルヴァドール・ダリの絵（一九三七年）から持ってきたのだろうが、黒田喜夫自身のものにしているように思う。ダリの絵は「尾てい骨の女」が前面に描かれ、遠景に、背中が燃えているキリンが見えている。ダリは一九三〇年以来、数度このイメージをつかっているが、「雄々しく、宇宙的で黙示録的な怪物」として描き、戦争の予感なのだという。

燃えるキリンの話を聴いた
燃えるキリンが欲しかった
どこかの国の絵かきが燃やした
ながい首をまく炎の色
その色が欲しかった
藁で作った玩具の馬に火をつけた
にぶく煙り
残ったのは藁の灰の匂い

それから外に走りでた
泣いているのは悲しいからじゃない
燃えるキリンが欲しいだけ
だが見えるのは渋に燃える桑の葉
死んだ蚕をくわえて桑園から逃げる猫

言うまでもなく「燃えるキリン」は、黒田喜夫にとって革命の喩だ。苛酷な暮らしの中で、「ぼく」はどこかの国の革命の話を聞いた。あるいは、それは写真だったかもしれない。「ぼく」は早速、自分たちの村で革命を試みる。しかし、それは本物とは似ても似つかないものである。「ぼく」が燃やしたのは、あの、ながい首の「キリン」ではなく、貧弱な「藁で作った玩具の馬」でしかない。「ぼく」の頭の中では「燃えるキリン」のイメージが途方もない大きさになっていく。

我慢できない
世界のどこかでキリンが燃える

燃えるキリンが欲しいと叫びだした
桑園のむこうにある隣村
隣村には必ず一人の白痴がいて
日ごと決った時刻にあるいてくるが
いまは白痴が道に現われるまえの
夏の午後の静寂の時
異様な静寂に抗い叫びだした
四つ角に隠れる番小屋に走り
軒から吊り下がった鐘
戸のかげの古いポンプ
なつかしく暗い牢屋にむかい
鳴りひびく鐘とともに
黒装束の影たちの
ホースの銃口をつきつけられた
それからつめよせる影たちのなかで
訊ねられた
燃えているのはどこだ
燃えているものはここにある

ぼくのここが火事だ
だがそれは掟破りだ
ぼくは掟なんか欲しくない
燃えるキリンが欲しいだけ
と答える間もなく
水の槍がするどく
胸をつらぬいていった

個人的には、隣村には必ずいる「一人の白痴」の方に興味がある。たしかに、昔はそんな風な存在が村にはあった。それはさておくとして、「ぼく」は目の前の日本的な現実の中で、さらに革命を求めて叫びだしてしまう。結局は「ぼく」の胸の中にあった〈燃えるキリン〉まで消されてしまうという結末の挫折のドラマが劇的だ。後の詩「空想のゲリラ」や「毒虫飼育」につながるような佳作である。月村敏行が「手ぶら」と言ったことが痛々しいほどに分かる。

であればこそ、黒田喜夫には、「わが時代　『列島』へ」

という連載で、せめて故郷で挫折し、詩に出会い、ふたたび上京する——ところまでの、詩的自叙伝を書いて欲しかったのである。

（「詩的現代」8号　二〇一四年三月）

誤解される清水房之丞

土屋文明記念文学館　第62回企画展
〈清水房之丞と詩誌「上州詩人」〉展を見て

群馬県立土屋文明記念文学館は、この間、とても良い仕事をしていると思う。そもそも群馬文学全集の刊行があり、最近のものでは、岡田刀水士の初期詩集の刊行や、詩誌「帆船」の復刻と数えあげていくと、土地柄、近代詩ばかりにスポットがあたっているようにみえないこともないが、小説家の「金鶴泳」展など、まず他の文学館にはマネのできない企画も続いた。そして、今回は「清水房之丞」展である。この十五年ぐらい、岡田刀水士と清水房之丞について調べて来た私にとっては、夢のような企画だと言っても言い過ぎではない。

実際、会場に入った瞬間、余りの資料の多さに驚いた。文献の中で、名前しか知らなかった人々の写真があり、関連する雑誌や新聞まである。たぶん、地元で関係者がいらっしゃったから出来た展示であろう。もしかしたら、こういうチャンスはもう二度とないかも知れない。今という、このタイミングでしか見ることのできないものが、整然と並んでいるのを眺めていると、嫌でも、「時間」というものを改めて意識せざるを得なくなる。

展示は、清水房之丞という固有の詩人像の解明へ向かうものではなく、「小学校の先生が詩人だった」という、一般性へと開かれている。言うまでもなく、清水房之丞の詩をほとんど読んでない人々が対象なのだから、仕方のない切り口だ。その作品を読もうにも、まとまったものがないのである。群馬文学全集に入っている分量もたかが知れている。

梅の実の青あたまが円ろくなつたぞ
ぽつんぽつんと畑の土へおちるぞ
それをだんご蜂が
可愛がつて追つかけるぞ
梅の実だ
ひろつて懐中(ふところ)ふくらまかせ
ぞろぞろ皆で麦畑の方へ行つて
梅なげ競争やれ
青坊主を手にとつて
ぴゆつぴゆつと空へぶつこめ
どこんちの畑へおちるか
こんこんと投げろ
そして麦の花ちらりと散らせ。

（「梅の実」全行）

今回の企画展図録の裏表紙に、右の詩が印刷されていた。昭和三年、詩誌「青馬」第九号（昭和三年六月）に載ったものである。やはり、初期の、村の生活を扱った作品に、清水房之丞の本領が発揮されているように思う。もしも、あんな不幸な戦争がなければ、彼の詩は、のびやかなままに、そのまま展開したのかもしれない。

今回の展示で、若い頃の房之丞の写真を見ると、いかにもモダン・ボーイだったということが分かる。なるほど、であればこそ、シャープな切り口で農村の生活を見渡すことができたのであろう。決して、その土地に縛り付けられて苦しんでいる人の作品でないことが、写真からも分かる気がした。松永伍一の『日本農民詩史』の中にも書かれているし、同時代の友人の指摘もあるが、要するに「地主の目」なのだろう。もちろん、私は房之丞を批難したくてそういうのではなく、その切り口のシャープさのよってくるところのものを見たいだけである。その観点からすれば、詩集『霜害警報』が、たぶんに政治的に誤解されてしまったこともよく分かってくる。あるいは、そういう表題をつけた房之丞自身にも、誤解を誘うような意識があったのかもしれない、そういう時代の流れがあったことじたいは事実だろう。しかし、清水房之丞は、本当はただ曇りのない目で農村の風景に出会っているだけなのではないだろうか。そうでなければ、右のように、これほどいきいきと、対象を素手でつかむようには描けないと思う。

作品は、「梅の実」が成熟したというだけの内容なのだが、読んで行くと、「梅の実」に村の子供たちの生活や成長が二重写しに見えてくるのが、自然と分かる。子供だから「青」なのだろうし、その子供が、梅を「懐中ふくらまかせ」ている様子を想像するだけで、可笑しくなってくる。擬態語や擬音語も利いている。「空へぶつこめ」という表現も迫力がある。

たまたま見かけた一篇を読んだだけで、清水房之丞の魅力は分かる。どうだろう、誰か、どこかで「清水房之丞詩集」を出してくれないだろうか。なんなら、戦前の分だけでもいい。企画展はありがたいのだが、本当は、まず作品こそが読まれるべきである。戦争中の詩集『炎天下』もまた、詩集『霜害警報』と同様に、方向は逆だが政治的に誤解を招くものであった。できれば、その詩集の中心にいる、のびやかな房之丞を取り出したい。

（「東国」140号　二〇〇九年八月）

［備考］第62回企画展は平成二〇年（二〇〇八年）十月四日から十一月二十四日まで開催された。清水房之丞は明治三十六年三月六日に、現在の群馬県太田市牛沢町に生まれた。第一詩集『霜害警報』は昭和五年（一九三〇年）五月に詩之家出版部から刊行。小序を佐藤惣之助、跋を内野健児が書いている。房之丞の初期詩篇は、岡田刀水士の初期詩篇とともに、内野健児編集の雑誌「耕人」に多く発表されているが、平成十四年六月十二日付の上毛新聞で報道されたように、愛敬浩一が発掘したものである。清水房之丞は、昭和十七年（一九四二年）七月刊行の詩集『炎天下』（高村光太郎序文・東宛書房）他、合計五冊の詩集があるが、昭和三十九年四月十四日にオートバイによる交通事故に遭い、翌十五日に永眠。行年六十一歳であった。突然の死によって、戦後の詩業の全体像は未だまとめられていない。

大手拓次の詩「銀の足鐶」を読む

大手拓次らしからぬ作品を一つ読んでおきたい。詩「銀の足鐶――死人の家をよみて――」という、大正三年（一九一四年）六月十七日夜に書かれた作品である。

囚徒らの足にはまばゆい銀のくさりがついてゐる。
そのくさりの鐶（くわん）は　しづかにけむる如く
呼吸をよび　嘆息をうながし、
力をはらむ鳥の翅（つばさ）のやうにささやきを起して、
これら　憂愁にとざされた囚徒らのうへに光をなげる。
くらく　いんうつに見える囚徒らの日常のくさむらをうごかすものは、

その、感触のなつかしく　強靱なる銀の足鐶である。
死滅のほそい途に心を向ける　これらバラックのなかの人人は
おそろしい空想家である。
彼等は精彩ある巣をつくり、雛をつくり、
海をわたつてとびゆく候鳥である。

読み終えてみれば、「いかにも大手拓次らしい作品じゃないか」とか言われそうだが、「らしからぬ」というのは、「死人の家をよみて」のところだ。言うまでもないが、これは、ドストエフスキーの小説『死の家の記録』のことだろう。調べてみると、片山伸訳『死人の家』(博文館・一九一四年)というのがある。白鳳社版の大手拓次全集「後注」に、「添書きには《(片山氏訳「死人の家」を見て)》とある」のが、これであろうか。そうだとすれば、彼は刊行されたばかりの本を手に取ったということになる。大手拓次は『死の家の記録』のどこにひかれたのであろうか。

ドストエフスキーが「監獄生活」によって、民衆に触れ、それが後年の大作を生み出す母胎となったことと、大手拓次の詩とは全く関係がないようにみえないでもない。「足鐶」は、言うまでもなく「足枷」のことだが、『死の家の記録』第二部では、「足枷」についての考察があり、どんな病気になっても、外されることのない「足枷」こそが囚人の印であり、「恥辱をあたえる」罰だというのが印象深い。それが「銀」だというのは甘いにせよ、「くさり」が「けむる如く」、「呼吸をよび」、「鳥の翅のやうに」羽ばたき、「囚徒」の心に希望と安らぎを与えているという逆説が面白い。マイナスがプラスに変わる瞬間だ。

大手拓次は地上の出来事の中で、ふいに、自らの「足枷」に気づいたのかもしれない。この詩が書かれた二年後から、まる十八年間、ライオン歯磨本舗広告部の会社員として過ごす。まるでカフカが、労働者災害保険局に就職しながら小説を書いたように、大手拓次も詩を書いたと言ってもいい。

大手拓次の『私の象徴詩論』（一九一二年七月）から引用しておく。

象徴詩は生活の象徴である。折にふれ汝の胸にある生の面影が出るのである。／詩人自身の個性の映像であり、人生の映像である。／現実を捨てるときはロマンチシズムとなり、現実を捨て得ないからこそ、象徴の文学が生まれるのである。飽くまでも現実の上に立ち、その苦しみをのがれんとして夢見るとき、二者のとけ合つた幻が生ず。

早稲田大学での卒業論文である。大手拓次は、群馬県の磯部温泉に生まれ、北原白秋のエキゾティシズムに影響を受け、萩原朔太郎等と共に、詩人として有望しされながらも、生前に一冊の詩集を出すこともなく四十六歳で亡くなる。その拓次の「足枷」が、あれこれ想像される。

（「ミて」147号　二〇一九年六月）

現代詩が消えた

――青山みゆき編訳　新・世界現代詩文庫7『ネイティヴ・アメリカン詩集』を読んで

最近ようやく気づいたのだが、今、私たちの目の前にあるものは、戦後詩でないのは当然だとしても、現代詩ですらなくなってしまった。私たちの前にあるのは、ただ「詩」であるばかりである。「詩」という抽象的で得体の知れない何ものかであるということだ。いつの間に、こんなことになってしまったのだろうか。

あるいは、勘違いをしているのは私の方であろうか。新体詩から始まった、この国の詩がようやく「詩」としか呼べぬものになったことを、むしろ祝うべきなのであろうか。

いやいや、現代に関わろうとしている詩は、それが何と呼ばれようと、そんな抽象的なもので良いはずがない。私は何もそこで扱われている主題が社会的なものでなく、日常的なものだから批判しようというのではない。それこそ、つまらぬ作品は主題に逃げる。ただ社会的なことを描いているだけの、くだらぬ作品を私自身もこれまで山のように読んで来た。日常生活を描いたとしても、そこに生きているのが現代の人間であるかぎり、現代的なもんだいが同じくそこにあるのは当然ではないだろうか。

だが、最近読んだものの中に、私がなるほどこれは現代に関わりを持っている詩だ、と感じたものが余りにも少ない。実は昨年のことだが、私が驚きの目で読んだのは日本の詩ではなく、青山みゆき編訳『ネイティヴ・アメリカン詩集』（土曜美術社出版販売・二〇〇九年五月）である。

僕の楯は危険だ——
怒りがあるからだ
誇りがあるからだ

僕の楯は美しい——
黄色い花粉があるからだ
赤い大地があるからだ

僕の楯は神聖だ——
ヴィジョンがあるからだ
思い出があるからだ

N・スコット・ママデー（一九三四〜）の「サンダンスの盾」という詩の前半部だ。もちろん、編者であり、解説も書いている青山みゆきの解説の受け売りだが、彼はアメリカ先住民のパイオニア的存在であるらしい。一九六九年に『夜明けの家』という小説でピューリッツァー賞を受賞しているという。単に伝承詩を継承するだけではなく、自ら作品を生み出して行く、その出発点のところに位置するような詩だ。サンダスというのは再生の儀式であり、盾はその時に使用するのだろう。第二連の「黄色い花粉」というのは正直よく分からないが、「赤い大地」との関連で再生を意味しているのであろう。それにしても、一連も三連も力強い表現だ。「怒り」と「誇り」が直につながり、未来の「ヴィジョン」と過去の「思い出」があざやかに結びついている。思い出に背を向け、未来ばかりを見ている私たちの現在が反省させられる。何ものかに対しての「怒り」を持つほどの「誇り」も持てないでいる、私たちの生活が対照的に浮かび上がる。
N・スコット・ママデーはカイオワ族とフランス人の血を引いているが、カイオワ族名「ツオタイ・タリー」を部族の長老からもらい、自らのルーツを意識する。そこで出来た「ツオタイ・タリーの喜びの歌」は美しい。

僕は一番遠い星だ
僕は夜明けの寒さだ
僕はざあざあと激しく降る雨だ
僕は雪原の輝きだ
僕は湖面に映る月光の長い影だ
僕は四つの色の炎だ
僕は夕暮れにぽつねんと立っている一頭の鹿だ
僕は漆の木とパメブランチが生い繁る原野だ
僕は冬空を斜めに飛んで行く雁の群れだ
僕は飢えた若い狼だ
僕はこれらをまるごとすっかりひっくるめた夢だ

作品の中ほどを引いた。できれば全行を引用したいところだ。ストレートなメタファーのくり返しが重ねられていて、この世界がどれだけ豊饒なのかということに、私たちも改めて気づかされる。まちがいなく「ツオタイ・タリー」という部族名によって、ワイオミング州のツオタイと呼ばれる平原インディアンの聖地と彼の魂が結びついて行く様子がよく分かる。生きることの全体性がみごとに歌われている。

彼女が生まれたとき地面がしゃべった。
分娩する母親はそれを聞いた。ナヴァホ族の言葉で
母親は応えた、大地にしゃがんで産もうとしてい
た。
まさにそのときだった、女たちの股の間から
大地は何度も何度も大地を生み出した。

ジョイ・ハージョ（一九五一年～）の「アルヴァ・ベンスンへ、そして話すことを学んだすべての人びとへ」という作品の冒頭部分である。彼女はテナーサックスを片手に詩を朗読するミュージシャンの他、さまざまな肩書きをもっているそうだ。

右の詩は、神話的な力強さに満ちている。これに続く第二連で、分娩したのは「ギャラップにある／インディアン病院」であるが、その「モルタルとコンクリートに／押しつぶされても大地はしゃべった」とある。先住民も、現代社会の中で生きなければならない。さらに、生まれて来る子は「ナヴァホ語と英語」を話しながら大きくなったとあるので、彼女は単に「先住民と対白人という単純な二項対立的視点」（解説）で、もんだいを見ているわけではないことがよく分かる。もっと大きな観点で全体性の回復を祈っているのだ。

先住民といっても、生きていく上で一般の人々同様に現代的なもんだいを抱えている。ただ、まちがいなく言えることは、先住民が先住民であるという理由だけで、社会の底辺へ押しやられているということだ。私の個人的な体験でも、ウエスト・ワシントン州の、ある家庭にホームステイした時、そこの主人が「あすこにいるのがインディアンだ」と言った、蔑むような口調が今だに忘れられない。

ウェンディー・ローズ（一九四八年～）には、ポピ族とミウォーク族と白人の血が流れている。彼女は画家でもあり、人類学者でもあるというが、何よりも、まちがいなく「弱者の代弁者」（解説）である。オーストラリアの最後のタスマニア人を描いた詩「ツルガニニ」は切ない。剝製にされて展示される夫のようになりたくないと

願いながら、ツルガニ本人も死後「八十年以上にわたって」展示されるのである。

あいつらがわたしをさらってしまう
あいつらはすでにやって来た
わたしは息をしているというのに
あいつらは
わたしが死に絶えるのを
待っている

わたしたち年寄りは
とても
時間がかかるんだ

お願いだ
わたしの体を
夢が生まれた
夜の中心まで
あの偉大な暗黒の砂漠まで
運んでほしい
わたしを大きな山の真下に
あるいは遠くにある
海の底に隠してほしい
わたしを
あいつらが見つけられないところに
隠してほしい

彼や彼女らがインディアンであることが、もんだいなのではない。その人々を社会の底辺へと追いやる社会や制度、もしくは、そういう考え方そのものがもんだいなのだ。そういう思考は、「夜明けの寒さ」や「激しく降る雨」の辛さをあじわうことはないが、美しい「雪原の輝き」も「月光の長い影」もついに見ることができない。「誇り」がないから「怒り」もない。「思い出」もないから「ヴィジョン」もない。つまり、そういう社会や制度、もしくは、そういう考え方に対する批判として『ネイティヴ・アメリカン詩集』はあるということなのだ。この詩集の中で、オーストラリアのツルガニニのことが扱われるのは、一見不思議に見えなくもないのだが、この詩集が提出しているのは単にアメリカの先住民のもんだいではなく、普遍的なもんだいなのだということからすれば、それはむしろ自然なことだということが分かる。

ツルガニニを一人の人間として尊敬しなければならない。それはただ彼女を人間として扱うということではなく、私たち自身も同様に扱ってもらうことにつながっている。一人の人間を「最後のタスマニア人」という目でしか見ない思考を批判しなければならない。そういう考え方こそが、歴史の中で彼女を「最後のタスマニア人」へと追い込んだのではなかったろうか。詩の中の「あいつら」は、科学的な思考を装って、人間の尊厳を暴くのである。ウェンディー・ローズの言葉はやさしい。ツルガニニを隠す場所は「夢の生まれた／夜の中心」だというのである。具体的に言えば「あの偉大な暗黒の砂漠」であり、「大きな山の真下」であり、あるいは「遠くにある／海の底」なのである。私たちにもし魂というべきものがあるならば、そういう場所にあるのだろうと思う。

さて、それにしても『ネイティヴ・アメリカン詩集』にばかりこだわっていてもなるまい。実際、この間も多くの詩集や詩誌を読んだ。昔、今はもうない「詩学」という雑誌で〈詩誌評〉を担当して以来、ありがたいことに今でも、多くの詩集や詩誌をいただいている。

今日もまた
暗闇の向こうから一人の男が現れ
私と瞬間すれ違い
足音と息づかいを残して
背後に消えていく
私もまた
息を切らしながら
この暗い遊歩道を

見えないどこかに向かって
毎日は走り続ける一人のランナーだ
走っても走っても
人々が殺され続ける

突然
背後から
先とは違う足音と息づかいが近づいてきて
私を抜いていく
彼もまた
一人の時間を走っている
追うことはできるだろうが
私は私のペースを守る

（中略）

ああガザ
ガザ　ではない街を走る

小さな街灯と自分の影を頼りに

伊藤芳博詩集『誰もやってこない』（ふたば工房）の巻末の詩「２００８年12月27日　ガザ空爆始まる」を引用した。ごく日常的な場面をそのまま象徴的な、もしくは幻想的な光景へと変貌させるのは、この詩人が得意とする手法である。もっとも、この作品では逆に、出だしの数行は、日常的なものというより、まるで私たちの日々の生活の象徴的な場面のように見えなくもない。一寸先は闇とはよく言ったもので、突然、あらぬ方向から私たちの生活を脅かすものが顔を出すことがある。この作品でも、暗闇から現れる「一人の男」にはギョっとする。「足音と息づかい」はまちがいなくそこに存在する他者を示している。とりあえず、それが遠ざかって行くことで心は安らぐ。しかし、そういう私は一体どこに向かっているというのか。九行目まで読み進めると、そこまでの描写が早朝のジョギングであるということがはっきり分かる。とりあえず、そこで種明かしが終わるのだが、終わった瞬間に「走っても走っても／人々が殺され続ける」という二行が、まるで他者のように私たち＝読者の前に現れる。作品全体を読んでしまえば、その二行は、たぶん「私」の心の中の思いがふいに露出したということなのだろうと想像できる。「私」は「私のペースを守って走る人だから、心の中ではガザの街を走っているのかもしれない。しかし、読者には、はっとする表現だ。「私」はこの詩において特に何を訴えているわけではないが、その心の奥で「人々が殺され続ける」ことに対する怒りを持っていることがよく分かる。よい作品ではないだろうか。

（「い」5号　二〇一〇年十月）

若尾文子という切り口

昔、映画『春の雪』（行定勲監督・二〇〇五年）のラストで、出家した聡子の役で若尾文子が登場した時、驚いたのと同時に、なるほどと思ったことがある。映画は好きだが、マニアックな知識も情報も持ち合わせていないから、その場面に至るまで、その映画に若尾文子が出ていることすら知らずに見ていたのだ。

「なるほど」というのは、若尾文子こそが三島由紀夫の〈映画〉にとってのミューズだからだ。映画『永すぎた春』や映画『お嬢さん』の他、映画『獣の戯れ』などの三島由紀夫原作小説のヒロインを演じただけでなく、映画『からっ風野郎』では三島由紀夫本人と共演までしているわけだから、若尾文子は間違いなく三島由紀夫の文学をリアルに示した存在そのものだと言っていい。

映画『青空娘』の頃の若尾文子なら、『潮騒』の初江もできたことだろう。できれば『美徳のよろめき』も月丘夢路ではなく、『愛の渇き』も浅丘ルリ子ではなく、『幸福号出航』も藤真利子ではなく、若尾文子で撮ってほしかった。

そうだ、三島由紀夫原作の映画ならもっとある。映画『純白の夜』も映画『夏子の冒険』も、映画『音楽』も映画『午後の曳航』もあったじゃないか。映画『にっぽん製』の山本富士子も良かったが、時代的には若尾文子で撮る可能性もあったのではないか。映画『黒蜥蜴』や映画『鹿鳴館』にも若尾文子バージョンがあっていい。

さらに、若尾文子との重要な共演者の一人である市川雷蔵は、『金閣寺』ならぬ映画『炎上』や映画『剣』の主演者であるし、同様に田宮二郎も映画『複雑な彼』に主演し、岸田今日子も映画『肉体の学校』に主演しているので、それらの三島由紀夫原作による映画に若尾文子は出ていないものの、だからこそ若尾文子の不在をことさらに意識させられ、他の若尾文子の映画と地続きのように感じられる。

あるいは、若尾文子の出演映画は、まさに若尾文子そのものを描いたのだとか言ってみたくなる。若尾文子が出演した文芸映画の原作者は源氏鶏太や水上勉、山崎豊子や有吉佐和子、果ては泉鏡花や谷崎潤一郎だったりするが、まるで、ヒッチコック監督の映画が、それぞれ別の原作によるシナリオなのに、結局はヒッチコック・タッチになってしまうように、若尾文子が出ている作品は、どれもこれも、若尾文子という切り口が鮮やかなのは一体どうしてなのだろうか。

※

残念ながら、私は、まだ若尾文子の出演映画の半分も見ていないが、先日ようやく、噂の映画『清作の妻』（増村保造監督・一九六五年）を見ることができた。

いやいや、本当は話が逆で、若尾文子の映画全体を振り返ろうと思ったのは、映画『清作の妻』を見たからなのだ。監督の増村保造はさておくとして、脚本は、図式的に過ぎるきらいのある新藤兼人であるし、原作は吉田絃二郎というよくは知らない作家であったのに、たぶん、最も若尾文子的な情念を、その映画に感じたのである。例えば、映画の原作は三島由紀夫だと言われても、私は特に怪しむことはなかったろう。

映画の冒頭で、若尾文子は小高い丘の上から、港らしき風景を見ている。あまり建物もない、どこか地方の、──物語が動き始めた後から考えてみると、それは軍港だったのかもしれない。若尾文子は切ないというより、自らの不満のはけ口を持たない者の怒りと悲しみが入り交じったような顔をしている。その顔がクローズアップされたところでタイトルのクレジットが入る。いやいや、その時点では、私はもちろん、若尾文子の表情を説明など出来るはずはない。ただ、たんに悲しみというよりは、裏側に怒りのようなものがあることを直感的に感じたというだけだ。原作によれば、「誰かが妾(わたし)を呼んでるやうな気がする……」ということだったのかもしれない。

もっとも、その後、その場面に殿山泰司が登場し、年若い若尾文子を囲っていることが分かり、すぐに若尾文子の思いが自ずと想像されることになる。「お兼」という役の若尾文子の実家は貧しく、老父は病臥しており、呉服屋の隠居役の殿山泰司の援助なくしては一家の生活が成り立たない。ところが、風呂で殿山泰司はあっけなく死んでしまう。びっくりするのだが、ここまでの話がアヴァンタイトルで、殿山泰司が若尾文子に残した遺産を持って、病父の死後、かつて一家が追われた村に戻ったところまで、出演者等のクレジットは続く。

大袈裟に言えば、「お兼」はドストエフスキーの小説『白痴』のナスターシャと同じだ。埴谷雄高は「まだ物心がつく前にすでに或る過酷な、償いがたい凌辱をうけ、気がつけば、トーツキーの妾にされ」いるというのは、実は、現在の「私たちの存在の条件」に他ならないとも言っている。ああ、そうだ。映画『ドクトル・ジバゴ』(ボリス・パステルナークの原作)のラーラも、映画『雨のニューオリンズ』（テネシー・ウィリアムズの原作）のアルバも、同じような境遇だった。埴谷雄高の現在と私たちの現在は、見かけだけは少し違うが、私たちの現在も、決して「いかなる抑圧もなくなった現行のままの社会」（マルクーゼ）などになったのではなく、本質的には埴谷雄高の時代のそれとそれほどの違いはないのではないか。

本編が始まると、村では、模範青年の「清作」（田村高廣）がちょうど除隊したお祝いで大騒ぎだが、隣の家の「お兼」（若尾文子）は面白くない。気がすすまないながらも、母親の願いで村に戻った若尾文子は、ただただ、放心の日々を送っている。清作は軍隊で蓄えた金で鐘を買い、村で起床の鐘を鳴らし、まるで連隊長のように村人をリードする。

初めは、なんとあざとい話だと思ったが、農作のことまでふくめて村全体に活気を与えたことのアレゴリーとしては悪くないのかもしれない。

このあざとさは原作のものではなく、新藤兼人のアイディアだろうと思っていた。原作を読んでみると、なんのことはない、原作そのままであった。

とはいえ、この模範青年「清作」のラディカルさが、かえって村八分のようになっていた「お兼」（若尾文子）と彼を結びつけるまでの、てきぱきとした展開は、やはり脚本の力であるというべきだ。「お兼」の母親が亡くなった時、「清作」は、その葬式一切の世話をし、ついには村一番の模範青年が「お兼」を妻にすることになるのである。

猫の子一疋死んでも噂の種になるN村では、新田の清作とお兼とが夫婦になつたといふことは、野良でも、爐(ろ)の傍(そば)でも、船着場でも人々の口の端に上つた。若い娘たちは村一番の若い衆を、ひよツくり旅から帰つて来たお兼に奪られたという意趣もあり、年老つた女親たちは村一番の稼ぎ者を片意地な、自堕落さうな親無しの娘にものされてしまつたことを腹立たしく思つた。それにお兼が田舎には珍しい縹緻(きりやう)善しで、可なりなお金を貯へて帰つて来てゐることも村の人々の嫉妬心を喚び起すに充分であった。

「あの母さんが慾が深うあらすもの、金を嫁に貰う(ママ)たやうなものさ……」

「いくら金があつたにしても、他人の妾(めかけ)のお古なざあいやなことぢやなう……」

「清作さんが気の毒ですなう……」

村では寄ると触ると蔭口が利かれた。

吉田絃二郎の原作小説「清作の妻」の冒頭部分である。私は、これを原岡秀人『吉田絃二郎の文学・人と作品』(近代文藝社・一九九三年二月)の再録で読んだ。同書の年譜によると、「清作の妻」の初出は、大正七年(一九一八年)四月の雑誌『太陽』であったようだ。

そもそも吉田絃二郎は早稲田大学の英文学と英語の先生で、『タゴールの哲学と文芸』などを刊行した後、大正六年(一九一七年)十月の雑誌「早稲田文学」に発表した小説「島の秋」が文壇的出世作となった。「島の秋」は、作者の対馬における軍隊経験で見た風景の印象と流れ労働者たちの姿をもとに描いた短編小説である。自然主義的な作品というよりは、抒情詩的な作風であると言った方がいいかもしれない。日本の自然主義文学において主導的役割を果たした島村抱月は、それを「宗教的気分」だとしているし、絃二郎自身は「死と悲哀と流転の相を背景として、刹那より無限に暗い一路を辿っているもの」を描きたいとしている。内容は妻の遺骨を抱いて旅する夫の話だが、その妻は貧しいがゆえに「売られたようなもの」で、「親子ほど年がちがつた」夫は妻の扱い方が不器用で、妻は夫に心を開かないままあっけなく死んでしまう。この妻も、また「私たちの存在の条件」そのものを示しているのではないだろうか。作品の中では、「みんな人間の因縁ぢやで何うも為やうない」というだけなのだが、作品の発表当時は、それが自然主義的にも、また「宗教的気分」にも見え、多くの青年子女の感傷をくすぐったようだ。人気作家となった吉田絃二郎は、昭和六年から『吉田絃二郎全集』(新潮社)十六巻を刊行し、さらに二巻を追加し、全十八巻を出すまでになった。一世を風靡したのは、つまり人生の「流転」に対する感傷なのではなかったろうか。

話を映画『清作の妻』に戻すが、原作の「清作の妻」は村の異常な事件を抒情的に扱ったものである。その意味では、三島由紀夫の世界との接点などはどこにもないようにみえる。ところが、ヒロインを演じた若尾文子のラディカルな情念は、抒情的な「人間の因縁」や「流転」に対する感傷などを軽々と越えてしまう。

「男は何うか知らんけど、女には一生のうちほんとうな男といふものは一人しかなかとでせう、妾(わたし)そう思ふ……」女はさう言つていつまでも男の顔を見つめた。

女は男が外から帰つて来ると暗い土間から、出し抜けに彼れの胸に飛びつくやうなことをして男を驚かした。

村の人々は朝、松原に鐘を打つ清作の傍に、お兼と老犬とを見出すことが多かつた。

「鐘の有り難味が少うなつたばい……」と言つて笑ふ者もあつた。「あの古狸が清作さんの魂まで食うてしもた……」かう言つて村の人々はお兼を憎むだ。けれども男にはわけもなしに女が村の人々に憎まるれば憎まるゝほどいぢらしいもののやうに思はれた。

お兼は清作の母親が言つたやうに片意地で強情張りのところがあつた。

「あんただつていまに何(ど)うなるか知れたものぢやない。あんたも一緒になつて妾(わたし)を追ひ出すとでせうが……妾はやつぱり世界に一人ぢやつた。あんただつて妾をいまに捨てるに決つとる……」

村の人の陰口でも聴いたやうな時は女はヒステリイのやうになつて喚きたてた。

（中略）

「お前は子供の時から一日でも心から楽しいことはなかつたからなあ……幾らでも泣け、俺が泣かしてやる……」清作は無理にお兼を抱き上げて女の背を撫でてやつた。女は子供のやうに柔順(すなほ)になつて泣いた。

「妾あんたさへ可愛がつて貰やいつ死んでも宜い……」

女はさう言つて男の手を握つた。

「この手もみんな妾のものぢや……」

映画でも、ほぼ同様の台詞がちりばめられている。映画を見ていた時は、こういうラディカルな言葉は、原作にはないだろうと思ったので、原作を読んだ時は驚いた。もっとも、原作では、これらはすべてが「人間の因縁」やら、「宗教的気分」へと溶け込んでしまう。この「この手もみんな妾のものぢや」という愛情の苛烈さが、この後、村の異常な事件へとつながるのだが、やはり自然主義的というよりも、抒情的な甘さが強いように感じられる。

ネタバレにならない方がいいだろうから、それがどういう事件なのか書かないが、結末は、原作と映画では全く違う。

もちろん私は、断固として映画を支持する。若尾文子のラディカルさは激しく、美しい。そして、その激しさは、実は原作小説の中にも内包されていたもので、映画ではそれが、若尾文子という切り口によって鮮やかに示されただけなのかもしれない。

麦が実りつくして蠶豆(そらまめ)が黒ずむだころ清作が白い患者服を着て、赤十字の大黒帽を冠つてH駅に下りた。村中の人たちがこの名誉ある戦士を迎へるために野良からも、家のなかからも声をかけた。母親も妹もお兼も泣いた。清作は老犬の頭を撫でながら元気らしい声で語つた。

「たつた二日しか逗留はでけんとな。」

「また直ぐ戦地に行くとな……」

人々は母親と清作とを取り巻いて家に帰つて来た。夜更けまで清作の家では酒が酌まれた。

「決死隊の勇士を生むだのはN村の名誉だッ」

「まあ大に飲まんぢや駄目だ……」

「我が村の名誉……何糞ッ……死んで来い……」

「久し振りだ女房を可愛がつてやれ、アハ……」

　人々はぐでん〳〵に酔つて罵り合つた。

　お兼は暗い二分心のランプを点した流し口に立つてゐた。ありつたけの嬉しさと悲しさとが今夜中に燃えつきてしまふやうな気がした。


　お兼が対峙しているのは、こういう世界である。それは戦争であり、村であり、国家であった。清作は、再び軍隊に引っ張られて、負傷して帰って来たのに、また戦場に戻らなければならない。模範青年はそれを当然のこととして受けいれようとするが、「片意地で強情張り」のお兼は、我慢できない。いや、そうではない。それは彼女が「片意地で強情張り」だからなのではない。彼女が「私たちの存在の条件」に気付いているからなのだ。考えてみれば、そういう、当たり前のことが当たり前のようにできなかったが故の孤立感は、三島由紀夫のものでもあった。三島は、それを芸術家固有のもののように装い、俗悪な世界と対峙したわけだった。三島由紀夫の小説には、一見、異常な事件が起こるように見せかけて、結局はただ当たり前のハッピーエンドで終わるというストーリーの小説が幾つかある。『永すぎた春』や『お嬢さん』などだ。また、当たり前な人間関係が結べないが故に、事件が起こってしまう『獣の戯れ』のような小説がある。年の差のある夫婦と若い男という人間関係を描いた小説『獣の戯れ』は、吉田絃二郎の小説「島の秋」と、その登場人物の配置と驚くほど良く似ている。

　清作と知り合う前の、映画『清作の妻』のお兼は、特に激しい。「あんたのとこには鐘が聞こえんかったようじゃのう」という清作に対し、お兼は「あんまり図に乗らん方がいいよ。あたしら、あたしらで生きとるんじゃ。あんたの号令で生きとるんじゃない。模範青年面すんな。」と下から見上げるように言う。その若尾文子の鋭利な刃物ような孤立感が胸を打つ。


（「詩的現代」17号　二〇一六年六月）

解説

「おいしい」ということ

村嶋正浩

「しらすおろし」はおいしい。もし最後の晩餐という場面に遭遇したならば、躊躇することなく「しらすおろし」を所望する。炊き立ての白いご飯の上に、白子をまんべんなくふり掛けて少々醤油をたらす、更に「しらすおろし」をお菜にして食べる。それだけでいい、考えただけでも生唾がこみあげてくる。

ところで、食べ物の「しらすおろし」は、健康にいいと言われている。健康にいいからおいしいと考えるのは、どこか不自然なところがある。気持ちよく食べるのに理由はいらない、おいしいからである。

愛敬浩一は「しらすおろし」が好きかどうかは知らない。食べ物ではどのような好き嫌いがあるのか、私は好きなのだが、菊膾や風呂吹きが好きかどうかも知らない。

ところで愛敬浩一の作品「しらすおろし」は、世に出てからもう二十年余の歳月が流れているが、賞味期限の記載がないものの、未だおいしい。むしろ益々おいしさが増している。これこそ、彼の詩がおいしいことを確信した最初の作品である。

横にではなく
縦にだったね
摺るのはいつもぼくの役目だった
辛くするといけない
寝ころんでいてはダメだ
食べてすぐ寝ころんだら〈牛になる〉という
あたたかい
ごはんのような注意
よくされたもんだと思い出しながらいつもの朝食

醤油をかけるのは
正しくない
と関西生まれで今年七〇歳の竹花さんがいつも言
　っていたが
関東には関東
の流儀
納豆大好きの
ベタベタの
少し古いけど
関東流れ者
東映の
良識はない様式
殴り込みの今戸橋
藤純子が差し掛けてくれる傘
ふと
ふところからころげた蜜柑が
雪の道に
ころげて行く

その酸っぱさは
ふりかえっているから？
ふりかかる雪を払い
ふりかけによることなく
雪道に
雪ふりかかり
小魚たちが泳いで行くよ

（作品「しらすおろし」）

白子の柔らかくて白い身体がたまらない。おろした大根のみずみずしい白さ、味付けの辛さと甘さの微妙な配合がたまらないのである。「藤純子が差し掛けてくる傘」とか、「ふところからころげた蜜柑」は、食欲を誘うに十分な取合せである。

健康にいい食材で骨を丈夫にする、傷ついた心が癒されるなどの、余計な効能が書かれていない。従って、作品がおいしさにのみ徹していて、味わい深いものになっている。

「しらすおろし」が健康にいいことをぜひ書き留めておきたい、更に世間の人に広く知らせたいなどと、高い志で書かれたものではないことは確かだ。心地よく言葉ごとおいしく味わえるのは、愛敬浩一が「しらすおろし」をひとえにおいしいと思うからである。

愛敬浩一の詩人として優れているのは、高い志をもっていないことにある。あるとすれば、詩においしさだけを求める、その大胆にもささやかな志だけである。

世の中の仕組として、ずっと詩は高き志を語る役割を担わされてきた。詩人は選ばれた者として意識し、その言葉を紡ぎ続けて生きるよう期待されてきた。詩は人々と出会い、不遜にも人の心を癒し慰め愛撫してきた。確かにそれも素敵なことに違いない。

だが、愛敬浩一は詩集『しらすおろし』のエッセイ「海燕ジョーの奇跡」で、それに対して小さい声ながら大胆に疑問を呈した、と私は読んで理解した。詩人になれなかった、言わば、詩人で在ることを止めたひとりの人を、その時発見した。

「……だからジョーは、『俺たちに明日はない』の主人公のようにハデに死ぬ必要などなかったのだ。ラストのフィリッピン軍隊の登場はいかにも唐突である。あっけらかんと生きのびて、日本的な抒情をぶった切ってこそ意味があったのではないか」と、おいしさの意味について触れ、言い切っている。

詩集『夏が過ぎるまで』には何が語られているのか、という読み方は適切ではない。さしあたって、この作品も志を低いままの、おいしさだけを追求するという詩の志が、未だ衰えていないことに安心する。

詩はいづみちゃん先輩から湧く
いづみちゃん先輩が
B棟の脇からC棟へ踵を返して
スカートがふわりとしたところに湧いてくる
ああ　それは詩以外のなんだというのだ

大学生の私がそれを見ていて
ああ　あれが噂のいづみちゃん先輩なのだと思う
　のは至極当然のことにちがいない
…………
詩はいづみちゃん先輩から湧く
とくとく透明なものが盛り上がり
光りがきらめくので詩だ
子供が大人への入口でびっくりしたり
大人が子供の考えに驚いたりするのは詩ではなく
いづみちゃん先輩がスカートをふわりとさせると
　ころに詩があるんだぜ
おお　それが宇宙の風でなくてなんだというのだ
あれから　その風は何十年と吹き続けているのだ
　から
それは詩だ

（作品「詩はいづみちゃん先輩から湧く」）

いづみちゃん先輩はおいしい、それもスカートをふわりとさせるのがおいしいのだと、詩について明言している。とは言え、あくまでも詩のおいしさとして書いている。

いづみちゃん先輩がおいしいと言葉にするには、少し勇気がいる。世間に対して大声で言うのは憚られる。スカートがふわりと書かれては困る、そこから詩が湧くと公言するのはなお困る。それは暮らしを危うくする、そう思ってしまうのは志の高い人に違いない。

素直に注意して読めば誰にでも分かることだが、「詩はいづみちゃん先輩から湧く」と書いてある。つまり、詩が湧くのは、神の啓示によるのではない。スカートをふわりとさせるのを何処かで見たひとが、詩人として生まれる瞬間を描いて見せたのである。

つまり、志を低くして、おいしさだけを求める者であれば誰でも詩人になれる瞬間が、おいしそうにここに示されている。

「スカートがふわり」の言葉から素敵な妄想を思い描くのは、もちろん読者の詩を味わう時の勝手な楽しみとして許されている。もっともそれは、愛敬浩一のささやかな心遣いとしての味付けなのかもしれない。
いずれにしても、詩が湧いてくるその時の心の在り様は、志を高くせずに世界と直接出会うことに、置かれているのである。
おいしいと表現することはいい、だがそれを口にするのは健康にいいのだと表現することは、もうそれは詩ではない。高い志は詩を滅ぼす。詩は滅んでもいいが、困ったことに言葉を滅ぼしてしまうのである。

紫陽花が
今年も花を咲かせることもないまま
六月が過ぎていく
葉ばかりを茂らせて
いつまでも
葉ばかりを茂らせて
薔薇は放ってあるのに
よく咲く
ミサハギも順調
…………

（「朝の水やり」）

この作品のおいしさは、「朝の水やり」という言葉に集められた言葉たちである。作品「しらすおろし」から見れば、更に志を低くして世界と向き合うようになった。薄味になったのかもしれないが、おいしくなくては詩ではない、という志に貫かれている。
ところで季節では、私は夏が一番好きだが、愛敬浩一が詩集『夏が過ぎるまで』の「夏」に託したものとは何か。それは言葉の暑い季節の意味なのかもしれない。
言葉の身体の喪失の時代にあっては、青春時代への回帰というおぞましい方法によるのではなく、「いづみちゃん先輩がスカートをふわりとさせるところに詩があるんだぜ」と言い切るところに、愛敬浩一の詩の本意があるのだ。おいしいことは素敵だ。

（詩集『夏が過ぎるまで』（砂子屋書房　二〇〇六年四月）琹）

書評　愛敬浩一詩集『それは阿Qだと石毛拓郎が言う』

「それは阿Qだと石毛拓郎が言う」だなんて、究極の決めゼリフじゃないか

村嶋正浩

書評を書くのはとても恥ずかしい行為だ。惚れて、恥ずかしい部分を知らず知らず晒すことになるからで、始末の悪いことは、本人は気付かないからなおさらだ。

詩集『長征』を高く評価している私の立場からすると、詩集『それは阿Qだと石毛拓郎が言う』は、どこか奇妙な気分にさせられる。私小説に似た恥ずかしい思い出が書かれているように見えるが、思い過ごしなのかもしれない。敢えて踏み込んで考えれば、詩人愛敬浩一の戦略として、そのように見えるように書いているのかもしれない。

暮らしの中の些細な私事を描いていて、濃厚な言葉が溢れている為か、あまり気分がよくない。詩集の頁をめくり読み進めていくと、何か生暖かい手触りに襲われる。どうしてなのかよく分からない、言いたくない気分に襲われる。言葉で説明すると零れ落ちていくものが多くて、書いたものが嘘っぽくなり、やり切れない気分になる。

石毛拓郎が本当に言ったのかどうか、確かめたくなる正義の人は何処にでもいて、確かめるかもしれないが、詩を読むうえではまったく関係ない。言ったことが前提で書かれているからには、その門を叩いて開くしかない。題名の付け方としてはなかなかのもので、題名だけを言えば『長征』よりはいい、究極の決めゼリフだからだ。

これまで生きて来て、言葉を生む母体に貯め込んだものを、体の外に出そうとしているかのように見える。言葉が生まれるには必ず不純物が出る。「長征」はある意味では純粋培養されたて、いさぎよい心意気があり、選び抜かれた言葉の世界だった。

詩集の最初に置かれた作品「私史」では「カクさん」について語りはじめる。愛敬浩一の自覚的な個人史の最初の宣言である。まず目の前にそのひとが居て、見えたと宣言することで一歩を踏み出す。母がいた、父がいたではなく「カクさん」がいたのだ。家族は厄介な生きものだ。血族ではなく別の血のひとが登場する。いや敢えてさせたに違いないのだが、世界を一変させたひとだ。もしかすると自分の出生に関係した人ではないかと考え始める。ここで詩人愛敬浩一の誕生である。『長征』は選ばれた人としての詩人の誕生だったけれど、今回は市井の人としての詩人の誕生である。

石毛拓郎は「私史」の誕生にかかわった市井の人として登場する。著名な詩人としての登場であればこの目論見は失敗で、単なる権威附けの役割の人にすぎないからだ。石毛拓郎がどのような人間か知らなくてもいい、その名称が必要だったのだ。「カクさん」の存在を認知してくれる第三者が必要だった。人には誰でも「カクさん」がいる。私には私の詩「カクさん」がいるが、誰も認知されることのないままの秘かな存在だ。

触る、人間関係において重要な行為だ。好きなひとの体に触ることと、嫌な奴の体に触ることでは、生き方に雲泥の差が生じる。誰でも好きな人の傍で体を触っていたい。「おじいさん」では触ることの意味に触れている。おじいさんは死につつある生きもので、もはや死んでいると言っても過言ではない。生きものとしての対応がないが、父が触って見ろと言う。その時少年は触ることの意味を自問する。まともに見たこともなく、名前さえも思い出せない肉体が目の前にあり、まだ暖かいまま横たわっている。それを触るとはどういう意味があるのか、だから不安で自分から触れない。敢えて言えば、触ると言う意味から判断して認知することが出来ない。

愛敬浩一は「カクさん」に触ったかどうか知らない。けれど触らなくとも、認知したことは触ったことと同然だ。けれど「おじいさん」は認知できない生きもので、少年は戸惑う。認知できないものの前で、父に無理やりに触らせられる。触ることと認知することの間で、或いは憎むことの間で、愛敬浩一は立ちすくむ。その思いが私史の中心にある。

「田中絹代が歩いている」「田中絹代が振り返る」では、田中絹代を見たと語っている。

本人が見たと言っているからには、疑いの余地がない。個人的なことを言えば、小説け好きだが作家に興味がない。映画は好きでよく見るが俳優には興味がない。作品から見れば彼らは単なる触媒であり、市井の生きものとしては、抜け殻にすぎないからだ。作家や俳優に作品の人物の幻想を追うことは愚かなことだ。そう思っている私の場合は、田中絹代を見たことがない。見ることが出来ない体質というべきなのかも知れない。

「楢山節考」の、「お遊さま」の、「おとうと」の、愛敬浩一の場合は「伊豆の踊子」の幻想としての田中絹代だったのかもしれない。ただ単なる老いた女性の中に田中絹代を見たのかもしれない。だがこの作品の中で重要なことは、作品を読むにあたって重要なことは、彼が出会ったと話をしたことで、言葉を交わして触れ合ったことだ。それは一歩踏み込んだ関係を持ったと言うことだ。因みに、京橋のフイルムセンターはよく通った。古典的な名画を多く上映していたが、私はその中の誰にも会ったことがない。

この詩集は題名がすべてを語っている。「ラストシーン」「野津明彦詩集『歳々』のために」と括られた詩群は、食後のデザート、或いはグリコのおまけである。もちろん愛敬浩一にとっての詩集の重要度としては、「おまけ」の方にあるのかもしれない。

「炎天下のブローカー野を行く」は独立した言葉の小さな群れだが、森山大道の写真を思わせ、「口を開いてハアハアする犬のように」の動物は、彼の写真に登場する犬だ。白と黒で刻印された生き物が蠢く世界だ。詩集『それは阿Qだと石毛拓郎が言う』は、こんな生きものでさえも胎内に飼っていることを世間に知らしめた。更に言えば、愛敬浩一がどのような生きものか益々分からなくさせる詩集である。そこが味わい深い。


（「はだしの街」58号　二〇一八年十月）

「カクさん」はいま
――『それは阿Qだと石毛拓郎が言う』の連作

川島　洋

最初に置かれた章〈それは阿Qだと石毛拓郎が言う〉の連作において愛敬が題材としているのは、小学生だった頃の記憶に刻まれている「カクさん」という人物だ。当時愛敬が暮らしていた群馬県の原町（現在は吾妻線の「群馬原町」という駅がある）で、町はずれの田園地帯を異様な風体でひとり徘徊していた、謎の人物である。

毎日
まるで中世ヨーロッパの修道士のような
よれよれの黒いコートを引っ掛け
赤い布を首に巻き
頭巾を被ったカクさんが
今日も、傘を持って歩いて来る

（「私史」）

記憶の中のカクさんは
もうかなりぼやけているが
防空頭巾のような奇妙なものを被り
ケープのようなものを羽織り
傘を持ち
時々、田んぼ道に現れるだけで
どういう人なのか
考えてみれば何も知らないのだった

（「少年時（その二）」）

どこの誰ともわからず、年齢も不詳、どこからか現れては、田んぼ道をゆっくり歩き、「西の方へ／天神山の方へ／善導寺の方へ／岩櫃山の方へ／消えて行く」（「少年時（その三）」）。このカクさんはしかし、子供たちを魅きつける不思議な力をもっていたらしい。「子供たちが群がる／その中の一人は私だ／／子供たちは口々に／「カクさん、帽子は？」とか聞くのだ／カクさんは「キャップ」とか答える／子供たちは思いつく限りの単語を並び立てる／カクさんは次から次へと答えて行く／顔は見えない／感情のこもらない声が／今でも私の耳の底に、何かの痺れのように残っている」（「私史」）。

子供たちが次々に単語を投げかけ、カクさんがその英語を「感情のこもらない声」で返してゆく。やりとりはそれだけだ。噂では、カクさんは相当なインテリであるらしい。失恋が原因で自殺を図ったようだとか、そんな話も子供たちの耳に入っている。しかし確としたことはわからず、やはり「カクさんはカクさんとしか言いようがない」、謎めいた人物なのだ。

二一篇ある連作の主にその前半で、愛敬の記憶に刻印されたカクさんのイメージがくりかえし呼び起こされ叙述される。そのカクさんとともに、原町での少年時代のさまざまな記憶もまた髣髴としてよみがえってくる。家族、学校の友だち、稲穂の匂い、川遊び、小学校の火事……さまざまな風景、出来事。詩の中に「ああ」という感嘆詞こそないが、詩群はあきらかに郷愁の色合いを帯びている。だが、愛敬はただノスタルジーのためにこれらの詩を書いたのだろうか。

リルケはフランツ・カプスに宛てた手紙の中で、幼年時代について「あの貴重な、王国にも似た富、あの回想の宝庫」と呼び、「この遠い過去の、沈み去った感動を呼び起こすようにお努めなさい。あなたの個性は確乎としたものとなり、あなたの孤独は拡がりを増し、一種薄明の住家となって、他人の騒音は遠く関わりもなく過ぎて行くことになりましょう」と述べている（『若き詩人への手紙・若き女性への手紙』新潮文庫　高安国世訳）。幼年時代を回想し、過ぎ去った時間をたぐり寄せることは、孤独な作業であり、自己の深みへと沈潜しつつ人生の意味を探り出す行為なのだ、とリルケは言う。この言葉は「若き詩人」に限らずあらゆる文学的な書き手に当てはまるものだろうが、むしろ書き手が年齢を重ねるにつれて、幼年回想には「問い」の切実さが加わってゆく、と考えられるだろう。人生の長い紆余曲折の先から、視線を遠い幼年時代へと振り向けるとき、視線は過ぎて来た時間の厚みを（瞬時にではあれ）通過し、その淀みと重みをまとう。「あれは何だったのか」「どういうことだったのか」「なぜだったのか」と意味や理由の源が問われ、「あの日と現在はどうつながっているのか」「結局このようでしかありえなかったのか」「これでよかったのか」と生きて来た行路の評価がおずおずと問われる。それは、自己の存在の偶然性と必然性とを、個人的な経験および「時代」の中で確認したいという切実な欲求である。もちろん、幼年時代に人生の端的な答えがあるはずもない。そんなことは誰でも承知している。しかし、人は始原に焼きつけられたイメージに向かって、何かを問わずにはいられない。

教えてくれ　カクさん

なぜ　少年時代が終わるのか
なぜ　世界は天候のように激しく変化して行くのか

（「私史」）

連作の後半では、カクさんと自分を含む過去、「時代」の意識、さらには生きられる時間そのものへとめぐらされる愛敬の思考の動きが、作品中にはっきりとあらわれて来るのだが、それとともに、他者の言葉が参照されるようになる。タイトルポエムである「それは阿Ｑだと石毛拓郎が言う」では、カクさんを魯迅の「阿Ｑ」に擬した詩人石毛拓郎の言葉が取り上げられる。また「弔い」ではウロルト――エヴェンキ族出身の中国人作家。愛敬は「昨日読んだ、ウロルトの小説集…」とさらりと書いているが、一般には読まれることの少ない「知る人ぞ知る」作家ではないだろうか――の「私の胸は落日の残照におおわれている」や「創作は一種の弔いだ」などといった言葉が引かれている。さらに「考察」では三木清やハイデガーの時間概念が想起される。その詩「考察」の後半を全行引用しよう。

そうか、今でもカクさんは
あの、原町の田んぼ道を歩いているのか
そうか、それは「昔話」ではなかったのだ
今、私が、カクさんのことを思うということは
私も、その場所にいるということなのだ
のんきな「昔話」ではなかった
私が
三木清の言う「非連続的な時間」の中を歩くため
原町の情景が
私の目の前に広がっているのか
あの、曲がりくねった田んぼ道を
歩いているカクさん
ダークナイトのようにも、阿Qのようにも見えたカ
クさん
それが「危機意識」によるものだということが
まるで雷に打たれたように
私の全身をつらぬく
私の阿Qは、何も求めることができない
魯迅は「自分を国民の中に埋没させ、自分を古代に
回帰させた」のだ
私のカクさんは、言葉を求める
私の感情は論理を求める
そうか、これがハイデガーの言う「時熟」なのか

この作品において愛敬は、「感情」を「論理」化したいと欲し、過去の回想（という行為）が、ハイデガーの言う「現存在」としての（本来的）自己にとって持つ意味を言語化しようと試みているように思われる。「危機意識」というひとつの認識が「まるで雷に打たれたように／私の全身をつらぬく」と強い表現で語られるこの詩は、「カクさん」の連作中でも重要な一篇だと言えるだろう。実のところ、私の浅学のせいもあって、ここで愛敬が「非連続的時間」「危機意識」「時熟」などの哲学・

思想的概念と自己の経験とをどのような実感の上で、またどのような思考の文脈において結びつけているのかが、よくわからない。ただひとつだけ言えそうなことは、この詩において、愛敬の個人的な記憶への参入が、社会性、歴史性のほうへ一気に開かれようとしているらしい、ということだ。三木清の「非連続的時間」、「危機意識」は、ハイデガーを踏まえつつ民族の歴史や社会変革への射程を込めた概念であったはずである。また「阿Q正伝」の主人公にしても、決して個人的に感情移入できるような人物とは言えない。阿Qとはいわば、魯迅が眼にした民衆のやりきれないほどの愚かしさというものを一個のグロテスクな人間に造形したものである。「原町」の「あの、曲がりくねった田んぼ道を／歩いているカクさん」も、個人的な郷愁の対象を超え出て、今やこのような社会性、歴史性の視野の中でとらえ直されようとしているように見える。カクさんはあれから半世紀以上、ずっと歩きつづけていて、まさにこの現在へ、すなわち、高層ビルが立ち並び、ショッピングモールに人波が押し寄せ、一方で過疎と高齢化と経済格差と孤立化が進んだ社会、人々がスマホで情報や音信を伝え合いながら希薄につながり、もはや「インターネットがなかった頃」のことなど誰も想起しない／思い出せなくなった時代の、とある片隅へ、不意にその人は歩み入って来るのだ。

愛敬浩一の方法として、「私史」的な連作ということの意味を考えてみることができるかもしれない（私には、たとえば陶淵明や杜甫をはじめとする漢詩人たちにおける連作意識——その中で喚起される記憶と現在の状況との交錯——が思い浮かぶのである）。

この連作は、いわゆる「現代詩」として肩肘を張った作品群ではない。しかし、なぜ詩人は詩を書かずにいられないか——先のリルケの手紙には、「もしもあなたが書くことを止められたなら、死ななければならないかどうか、自分自身に告白して下さい」という恐ろしい言葉もある——についての愛敬の答えと、そこから導き出された方法意識によって成ったものだと言えよう。そういえば「カクさん」の名前にはすでに「書く」が含まれていたのではないか。

詩にとっての激動の時代は遠く去ったようにも見えるが、その時代から今日へと自覚的に詩を書き継いで来た詩人の矜持が、確かに読み取れる。

（「詩的現代」26号　二〇一八年九月に掲載の文章から一部抜粋）

いくつかの詩篇について

谷内修三

愛敬浩一『それは阿Qだと石毛拓郎が言う』の感想を書くのはむずかしい。私が以前に書いた感想が「解説」として収録されているからだ。

私は書くために考える。考えというのは、日々変わるものである。「変わらない考え」というものがあるかもしれないが、私は、そういうものを信じていない。変わってこそ、「考えた」ことになる。

そして、私は私の書いたことをまったくおぼえていない。読めば思い出すだろうが、そんなめんどうなことはしたくない。

だから、（あるいは、かもしれない）

私は、いままで書いたこととは違うことを、平気で書く。あるいは、いままで書いたことを否定して、別なことを書きたいという欲望ももっている。どうせ考えるなら、同じことではなく、新しいことを考えたい。別な見方は（読み方は）できないか、私自身のことばを点検してみたい。

これって、他人から見ると「いいかげん」に見えるだろうなあ。それが気になる。ほかのひとはともかく、愛敬は、ぜんぜん違うことを書いていると怒るかもしれないなあ。「矛盾したことを書くな」と。

でも、書いてみたい。

長い前置きになったが。

石毛が「それは阿Qだ」と言ったのは、「少年時」というシリーズに登場する「カクさん」のことである。「カクさん」というのは、愛敬が少年のときに見かけた男。何でも知っている。でも、ぶらぶらしている。子ども相手に質問に答えてくれる。

「少年時（その七）」には「カクさん」は「具体的」には書かれていない。

そうだ
もう、あの田んぼ道はないのだ
私の家があった高台の下から駅までの
田んぼの中の
うねうねとした
途中に一本柳のある
あの道は
もう、ないのだ
私の目には
はっきりと見えるのに
そこに行ってももうない

「私の目にははっきりと見えるのに」「もうない」。これが愛敬のテーマ。「カクさん」も「もういない」。それなのに愛敬にははっきり見える。だから、書く。「不在」（非在）をことばで「存在」させる。「否定される何か」を「存在」として動かし、そこから見えてくるものを見つめなおす――石毛が「阿Q」を引き合いに出したのは、こういう運動を愛敬のことばに見いだしたからだ。それ以上の批評はない。

だから、私は、「阿Q」性について、あるいはその「思想」性については書かない。

私は引用した部分では、二か所に思わず傍線を引いた。このことばについて何か書いてみたいと思った。

ひとつは、「私の目には／はっきりと見えるのに／そこに行ってももうない」の「のに」。強い力を感じた。

「のに」とは何か。

「見える」と「ない（見えない）」が「のに」によって結びつけられ、結びつけられることによって「ことば」が動く。

「のに」は「結びつける」という「見えない動詞」、ことばそのものを動かす力だ。

「見えるのに、ない」というのは「矛盾」だが、それは「切断」されない。「結びつけられ／接続させられ」「矛盾」を存在させる。「矛盾」を存在させる力が「のに」にはある。

なぜ「矛盾」を存在させたいのか。「矛盾」として否定したもののなかに動いているものをことばにしたいからだ。（あ、こう書いてしまえば、石毛の指摘したことと、かわりがないか。）

この「のに」にいちばん近いことばが、「途中に一本柳がある」の「途中」である。「途中」というのは「あいだ」である。ふたつのものをつないでいる。「道」は「のに」のような「ことば」ではなく、実在のものである。「途中」も「実在」のものである。でもその「実在の途中」というのは、ほとんど重視されない。「道」にとって重視されるのは「出発（点）」と「到着（点）」である。「道」は短い方がいい、というのが「資本主義経済」の論理である。「うねうね」していては、だめ。

でも、ひとは、その「省略されてしまう」部分、「途中」を一生懸命に生きている。「途中」がないと、どこへも行けない。「途中」を意識するために「一本柳」があるのかもしれない。

　ここからちょっと逆戻りして。

「のに」も「途中」である。「見える」と「ない（見えない）」をつないでいる。その「中間」になる。でも、この「のに」を「うねうねとした道」としてあらわすのは、なかなかむずかしい。「のに」は意識の運動であり、意識は「飛び越える」ことを専門にしている。「肉体」では飛び越えられないものを「意識」は簡単に飛び越す。「うねうね」は意識にとっていちばんの「苦手」な運動である。逆に言うと「うねうね」を書くと文学になる、ということ。

　さて、愛敬は、どうやって「のに」を「うねうねとした道」にし、その「途中」を何によって印づけるか。

　詩は、こうつづいている。

どういうわけでか
整備事業などというものがあり
小さな
それぞれ
まちまちな大きさの田が
ただの長方形になり
しばらく振りにふるさとに帰ってみると
その田んぼだった所に
大型のスーパーマーケットが建っていたりする
まるで知らない場所に変わっている

「はっきり見える」のは「ちいさな」「それぞれ」「まちまち」という「形」である。「省略」されたのは、「個別性」なのだ。「個別性」というものが以前は存在していた。「個別性」が「うねうね」なのである。

　それを否定するのが「ただの長方形」の「ただの」であり、「大型のスーパーマーケット」の「大型」である。「単純」で「大型」のもの、合理化された大型のものが、個別性を破壊し、捨て去った。

　けれども、愛敬には、その否定されたものが「見える」。

愛敬は、否定されたものを、生きている。ひきずっている、という言い方もあるが、ひきずるのは、それを復活させたいという思いがどこかにあるからだ。「個別性」のなかに、何かを感じているからだろう。

この変化の過程（あいだ、途中）にどういう暴力があったのか。それは具体的にはどんな具合に「カクさん」に影響したのか。私はそれが読みたくなる。しかし、書かれない。

書かなかったために、詩の最後の部分で、愛敬のことばは大きく変わる。

もちろん
カクさんが今そこを歩いているはずはないが
カクさんが
ゆっくりと
限りなく、ゆっくりと
そこから遠ざかっていくのは分かる
カクさんが歩くような道はもうどこにもない
カクさんが
　遠ざかっていることだけが分かる

「見える」が「分かる」と変わる。「のに」という意識の運動を「小さな」「それぞれ」「まちまち」から「ただの」「大型の」への変化として意識しなおしたとき、「見える」という「肉眼（肉体）」の動詞が、「分かる」という「意識」の動詞に変わる。

とても正直な変化だが、ここは簡単に「意識」の「動詞」になってしまうのではなく、「肉眼（肉体）」の動詞のまま踏ん張ってほしかったと思う。「分かる」ではなく「見える」という動詞で詩を動かしてほしいと思う。「意識」で「カクさん」を追いかける（追い求める）のではなく、どこまでも「肉眼（肉体）」で追いかければ、愛敬は「カクさん」になれるのではないのか。「意識」にしてしまっては、愛敬は「カクさん」になれない。「分かる」は「分ける」でもある。分けてしまっては（分離してしまっては）、それは「追憶」に終わってしまう。「追憶」にせずに、肉体でつなぎとめればことばは「いま」を生きることになると思う。

「分かる」というのは、都合がいいというか、「手抜きことば」なのだ。書いている人間は、分かってはいけないのだ。分かったら、書く必要はない。

途中までは、ことばが丁寧だったのに……。

＊

愛敬浩一『それは阿Qだと石毛拓郎が言う』。きのうとは、すこし視点を変えて。

「映画『清作の妻』の兵助」という作品。

映画の主役は兵助（千葉信男）ではない。あくまでも清作の妻（若尾文子）である。愛敬も若尾文子を見に行ったのだろう。兵助に目がとまったのは、彼が「カクさん」に似ているからだ。知恵遅れの、大男。

確かに昔はそういう人が
村や町に一人や二人はいたものだ
と簡単に紹介したあと、

インテリだったカクさんとは全く違うタイプだが
兵助もまた
阿Qの一人には違いない
吉田絃二郎の原作小説とはちょっと違うが
映画では
孤立する、主人公の若尾文子を守って
そのため
かえって
村人から袋叩きにあったりする

ここに愛敬の、おもしろいところがある。「原作小説とはちょっと違う」と指摘できる。つまり、愛敬は「無防備」で対象に向き合うわけではない。しっかり「予習」している。別な言い方をすると「学問」の裏付けがある。

こういう言い方は愛敬は好まないだろうけれど。

で、この「学問の裏付け」というのは、愛敬の友人の石毛にも通じるなあ。「庶民」というか、「そこに生きている人」に目を向けるのだけれど、「庶民」になるわけではない。「学問」によって「庶民」から切り離されたところにいる。このとき「学問」をどう隠すか。石毛は「学問」をつぎつぎに展開することで、「こんなものは学問というほどのものではない」という具合にやってのける。

石毛と比べると、愛敬は、素朴というか、単純である。隠さない。さっと出してしまう。さっと「原作小説とはちょっと違う」と言ったあとで、

孤立する、

あ、この一言が美しい。

愛敬の「意識」そのものをつけくわえる。このときの「意識」は、「意識」というよりも、そっとそばに立つ「肉体」の感じそのまま。

「孤立する」は「主人公の若尾文子」を描写すると同時に、兵助（千葉信男）をも描写する。「孤立する」（孤立している）のは、だれ？　一瞬、わからなくなる。その「わからなくなる」瞬間に、愛敬自身が「肉体」を寄せて、そばに「いる」。兵助になっているのかもしれない。若尾文子になっている、ともいえる。「肉体」で「孤立する」を具体化している。

スクリーンと客席と、離れているのだけれど「孤立する」という動詞で「ひとつ」になっている。

ここから、また、別なことも私は考える。

「孤立する、」の読点「、」の絶妙さが一方にある。「、」によって一呼吸ある。これが「切断」と「接続」を揺り動かす。

ここは「肉体」そのものが動くというよりも「意識」が動いている。でも、それを「意識」ではなく「呼吸」にしている。「肉体」を滑り込ませている。

とてもおもしろい。

さらに。

この「孤立する、」は、この詩のなかで、それこそ「孤立している」。ちょっといいかげんなことを言うのだが、私の暮らしてきた集落では、どんなことがあっても「孤立する」というようなことばは動かない。そんな「しゃれた」ことばを口にするひとはいない。「のけものにされる」「なかにいれてもらえない」くらいか。「のける（退ける／除ける）」「入れない」というように「肉体」そのものを動かすことばしかない。

「孤立する」は「肉体」を動かしていない。こういう動詞は、私の知っている「暮らし」には存在しない。こういう動詞は、前にもどってしまうが、「学問」から入ってきたことばであって、暮らしが生み出したことばではない。

でも、「孤立する」なら、いまの時代、だれでも知っているとは言える。少なくとも、詩を読む人間は。特別むずかしい「学問」をしなくても、だれもが知っている。「学問」をこんな具合に、さっとつかうことができる、というのが愛敬の特徴かもしれない。

ここまでは、私は、愛敬についてゆく。

けれど、「考察」のなかの、

三木清の言う「非連続的な時間」のなかを歩くため
原町の情景が
私の目の前に広がっているのか

というような「異化」の仕方にはついていけない。「学問」が「手抜き」としてつかわれている。「非連続的な時間」という「学問」なしにはわからないことばをつかってしまうと、そこからはじまるのは「学問」の世界になってしまう。「肉体」の時間にひきもどさないと、その世界を歩くのは愛敬と三木清だけにある。もっと意地悪く言うと、そこには愛敬の「肉体」はない。三木清しか動いていない。

私のカクさんは、言葉を求める
私の感情は論理を求める
そうか、これがハイデガーの言う「時熟」なのか
いくら、「そうか」と納得しても、そこに動いている
のは愛敬の「肉体」ではなく、ハイデガーの「肉体」に
なってしまう。
こういう「学問」がないと、

ちょうど今
映像の中の渡哲也は、
誰かに見られたか、という不安な顔を私に向けた
（「待合室にて」）

ということばが輝かない、と考えるのかもしれ
ないけれど。

この三行、とってもかっこよくて、そのまま盗作した
くなるくらいだけれど。この三行にかぎらず「待合室に
て」はとても魅力的なのだけれど。
ほかの詩とつづけて読んでくると、うさんくさいな
あ、という感じもしてくる。
いや、「うさんくさい」は「うさんくさい」でなかな
か手ごわくて、それが愛敬の魅力なのかもしれないけれ
ど。たぶん、「うさんくさい」ものが勢いをもって動い
ているところがいいんだろうなあ。
だから「うさんくさい」っていいなあ、と、まったく
逆なことも感じたりする。「うさんくさくない」と勢い
が出ない。
「うさんくさい」といえば、石毛も、ね。
石毛について書くつもりはなかったんだけれど、詩集
のタイトルに石毛がはいっているから、まあ、いいか。
こういう詩を書きたい、でもこういう具合には書きた
くない、そういう思いが絡み合うなあ。

＊

愛敬浩一「田中絹代が振り返る」は、愛敬が19歳か20歳のとき田中絹代を見かけたときのことを書いている。フィルムセンターで『伊豆の踊り子』が上映された。そこに田中絹代が来ていたのだろう。

老いた田中絹代が歩いている
十九歳の私がようやく追いつき
（略）
声をかけるのだ
田中絹代は振り返り、答える
「あなたのように若い人が――」

「あなたのように若い人が」のあと、何と言ったのか。何も言わなかったかもしれない。でも、その言われなかったことばは見当がつくから、まあ、いい。

私がおもしろいなあと感じるのは、愛敬が「老いた田中絹代が」と書き出し、その田中絹代が「あなたのように若い人が」と答えるとき、そこに「老い／若い」がきちんと呼応していることである。スクリーンと違う。ほんものだろうか」と一瞬思う。田中絹代は田中絹代で、「こんな古い映画を、こんな若い人が」と驚く。「私を知っているなんて」と驚く。そこに、「驚く」ということばは書かれていないのだが、「驚き」が共有されている。違う「驚き」なのだけれど、「驚くという時間」が共有されている。

愛敬は、もうひとつ別な時間も生きている。

そう
確かにあの頃は若かった
新宿駅で、映画の撮影中だった
一つ年上の片桐夕子も
まだあの頃は若かった

若い片桐夕子、「伊豆の踊り子」のときの若い田中絹代。それを思うとき、愛敬は、どんな時間にいるのか。その、ふとした時間を挟んで、ことばは、離れた時間を往復する。そのとき、ちょっと思考がきしみ、切断され、そこに不思議な「断面」のようなものが噴出してくる。

小さな、老いた田中絹代が
私を見上げる
「あなたのように若い人が――」
私はどれほど若かったのだろう
映画史の上を歩いている田中絹代に
本当は、私など見えていなかったのかもしれぬ
画面からは観客は見えない
田中絹代が振り返る
私は本当にそこにいたのか
新宿駅の片桐夕子を私は本当に見たのか
まぶしい光りの
始まりばかりが始まっている

「画面からは観客は見えない」。あたりまえのことだが、そのあたりまえのことに、はっとする。役者は観客を見ていない。何を見ているのだろう。役者は、想像力のなかで自分の「映画」を見ているのかもしれない。観客のように。映画の歴史になっている田中絹代は、映画の歴史を見ているとも言えるかも。

一般の客（愛敬）には田中絹代は「固有名詞」である。はっきりした「個人」である。けれど、田中絹代からは、愛敬は識別できる人間ではない。田中は、愛敬を見ないで、「若い」ということだけを見たのかもしれない。

田中絹代を見て「老い」を見た愛敬。愛敬を見て「若い」を見た田中絹代。互いに「固有名詞」よりも「老い／若い」という「属性」を見ている。そして、その「属性」に何か「真実（何を見るかということの本質）」のようなものを感じている。

見ているつもりで、何かを見ていない。そんなものを

見るつもりはなかったのに、それを見てしまう。そういう「すれ違い」が、ある。そして、その「すれ違い」がショートした火花のように、ぱっと、そこで光っている。

それを「画面からは観客は見えない」という唐突な一行で印象づける。それがおもしろい。この一行が「老いた田中絹代が歩いている」「小さな、老いた田中絹代が／私を見上げる」「田中絹代が振り返る」と書かれている田中絹代を、よりいっそう「現実」にする。見ているものが「老い」という属性なのに、それが「田中絹代」ぬきにしてはありえないものとして迫ってくる。映画の迫真の演技みたいだなあ。

このあと、そういう「真実」を軽く手放して、感慨にふけるところも、おもしろいなあ。いい感じだなあ、と思う。


あのときの一瞬を、田中絹代が愛敬を振り返って見たように、愛敬は「時間」を振り返って、見ている。「新宿駅の片桐夕子」は本当に新宿駅のロケしているのを見たのか、それともスクリーンで新宿駅といっしょに見ていたのか……。わかるのは、片桐夕子は、スクリーンからも、新宿駅で演技しているときも、愛敬など見ていない、「役者には観客など見えない」ということだけである。

ひとはいつでも何かを一方的に見る。それが「若い／若さ」ということか。愛敬の「若い／若さ」はあのとき始まった。その始まりはつづいている。田中絹代が愛敬に対して「あなたのように若い人が」と言ったとき、田中絹代は田中絹代で、彼女自身の「若い／若さ」の始まりを振り返ってみたのだ。たしかに愛敬などは見ていなかったのだろう。それは、美しいことだ。それを受け入れているこの詩も美しい。

*

愛敬浩一「待合室にて」は病院の待合室のことを書いている。

待合室の椅子に腰掛けていると
（ほぼ満席に近い）
隣りの大柄の男が
「おたくもあれですか
予約券が送られて来て」
と大きな声で話しかけてくるのが恥ずかしい

何の作為もないような書き出しだが、きのう読んだ木下龍也の短歌に比べるとはるかに仕掛けがあって、同時に「物語」がある。病院の待合室という状況があって、そこに「他人（何を考えているかわからないひと）」がいて、他人のはずなのに「分有」する「肉体」があって、「他人」が自分に見えて、鏡を見ているように恥ずかしくなる。もしかしたら「隣りの大柄の男」は愛敬だったのかもしれないのだ。

そうなると、どこからどこまでが「自分」なのか、わからない。「肉体」はたしかに区別できるように見えるけれど、それは便宜上のことであって、「肉体」はどこまでもひとつだということがわかって困惑する。

その困惑をふりきるつもりかどうかわからないが、愛敬はオールナイトでやくざ映画を見たときのことなどを思い出すのだが（思い出というのは、愛敬個人のものであって隣りの男とは関係ないはずだからね）。

うーん、

私の頭の中では
渡哲也が、潤んだ瞳の松原智恵子を見つめている場
面だ
（「やくざ者に女はいらない」というくせに）
池袋の文芸座の深夜の生あたたかい空気
（渡哲也全作品が上映されたのは一九七二年だった
か、七三年だったか
渡辺武信も来ていて
遠くから「あれが、あの六〇年代詩人の渡辺武信
か」と思いながら見た

あれから随分月日が流れた)
五本立ての三本目辺り
一番眠い時間帯だ

そこでも「肉体」がまじってしまう。
「渡哲也が、潤んだ瞳の松原智恵子を見つめている場面だ」の「潤んだ瞳」は、ほんとうは渡哲也にだけ「見える」ものなのだが、愛敬にも見えてしまう。それは映画だから——といえばそれまでなのだが、問題は、そんなに簡単ではない。現実には渡哲也にしか見えないはずのものが見えるのは、カメラが渡哲也の「肉体」を「共有」しているからである。渡哲也の「肉体」になっているからである。そして、そのカメラをとおして、愛敬もまた渡哲也になっているから、松原智恵子の目が潤んで見える。

そういうことを愛敬は「頭の中で」見ているのだが、この「頭」は私がふつうに批判的につかう「頭」ではない。「肉体」となった「頭」である。「頭」で見ているのではなく、目で見ている。その「目」を愛敬は「間違えて」、「頭」と書いている。昔の「目」が「いま/ここ」によみがえって松原智恵子を見ている。

愛敬の「頭」は「抽象」を考え、ものごとを合理化するための「頭」ではない。「肉体」とじかに結びついている。「じか」すぎて、「頭」と「目」の区別がつかなくなっている。「ひとつ」になっている。

そういう「肉体の頭(肉頭、と呼ぶことにしようか……)」は、そこにあることを「合理化」しない。「抽象化」しない。逆に、「具体化」のなかへとどんどん分裂(?)していく。脇道へそれていく。

池袋の文芸座、渡哲也全作品、一九七二年、渡辺武信、六〇年代詩人、五本立て……。そういう「脇道」にそれればそれるほど、そこにその当時の愛敬が「肉体」としてあらわれてくる。そのどれにも愛敬は「肉体」を「分有」する。「分け与える」そして、「分け持つ(分かち持つ?)」ことをそれらに強要する。「肉体」は「分有」されればされるほど「具体化」する。「ひとつ」になる。——矛盾なのだが、それが矛盾だから、それが「思想」なのだ。「物語」を否定し、「物語」以前にもどす。結果ではなく（結末ではなく）、すべてのことがらを素材があるがままの状態にひきもどす。「物語」としてかたられてこなかったものが、そこで新しく生まれる。

このとき「古い」世界が見えてくるのではなく、古いはずの「肉体」が、「いま／ここ」にあらわれることで、「肉体」が新しくなる。「古い肉体」なのになぜ「新しい肉体」なのか――というのは、説明がむずかしいが、「肉体」には「いま／ここ」しかないから、「新しく」生きるかぎり、それは「新しい」のである。

――という説明の仕方では、きっと通じないだろうなあ。言いなおしてみる。別の角度から言いなおすと。

ここに書かれているのは一九七二年か七三年のことである。しかし、こうやって書かれると、「いま（さっき）／ここ」で隣りの男が話しかけてきたことよりも、七三年、七二年の方が「身近」である。松原智恵子の潤んだ目や渡辺武信の方が「身近」である。あるいは七三年の、それらを見た愛敬の方が「身近」である。この「身近」の「身」が「肉体」である。「新しい」。「いま／ここ」を生きるものとして存在している。「肉体」がおぼえていることが「いま／ここ」で「肉体」を統一させている。

この統一から何が始まるか（どんな物語になるか）、愛敬にはわかっていない。「肉体」は「いま／ここ」に生まれてきたのだから、その生まれてきた「勢い」で動いていくしかない。動いていくことで「物語」をつくる。それは「用意された物語」、つまり、何か「結論」を言うために始まる「物語」ではない。何を「言ってしまう」か、愛敬にもわからない。

その「わからなさ」があるから、それに立ち会う私は、ついつい引き込まれていく。

どこかの女子高校の校庭でバレーボールをやっている
そのすぐ脇のドブ河で
（校庭からは河の中は見えない）

人斬り五郎・渡哲也が、ドスを振り回して死闘を繰
　り広げている
浅瀬の上を
タッタッタ、タッタッタと渡哲也が走って行く
上がる水の飛沫
飛び散る血
遠くから聞こえる女生徒の嬌声
明るい日差し
ちょうど今
映像の中の渡哲也は、
誰かに見られたか、という不安な顔を私に向けた

「肉体」が「共有／分有」されるとき、そこには「時間」はない。スクリーンもない。渡哲也はスクリーンを突き抜けて愛敬の目を見たのだ。渡辺武信は「いや、違う。渡哲也は愛敬ではなく私の方を見た」と言うだろう。松原智恵子は「二人とも違う。私はそこにはいないけれど、渡哲也は、私が見ていると思って振り返った」と言うだろう。なぜ、そういうことが起きるかというと、その瞬間、だれもが渡哲也と「肉体」を「分有／共有」していて、全員が渡哲也だからである。そこには渡哲也しかいない。だれもが「主役」になってしまう、というのが「物語」である。「物語」である。「主役」の「肉体」になってしまう、というのが「物語」である。そこではしたがって「統一／分裂」が同時に起きているのである。統一と分裂が同時に起きるというのは「頭」で考えると「矛盾」だけれど、「肉体」で考えると「常識」である。どんな違うことを考えても自分の「肉体」は「ひとつ」である。

「ひとつの肉体」の「肉体の頭（肉頭）」が、愛敬の、この詩のことばを動かしている。その「肉体」が見えるから、おもしろい。

＊

愛敬浩一「古管」は通勤のとき見た風景を描いている。その後半、

その運転手が
笛を吹いているのだ
まるで
田舎の神社の
神楽殿の上で横笛を吹いている人のような感じで
横笛を吹いているのだ
音は聞こえなかったが
いや、聞こえるはずもないのだが
私の耳の奥から
音は
やって来た
柔らかく幅のある中間音程が
高くもなく
低くもなく
私をどこかへ連れて行ってくれるかのような
古管の音が
聞こえて来た

すべての行が好き、というのではない。どちらかというと不満がたくさんある。それでも、この詩について書いてみたかった。1行、たまらなく好きな行がある。

やって来た

「聞こえてきた」「響いてきた」ではなく「やって来た」。あ、いいなあ。遠くからくる感じがする。「遠い」といっても自分の肉体のなかだから「距離」的には遠くない。その遠くない距離を「遠く」と感じさせる何か。
不思議な正直さが、ここにはある。
正直さは、実は、それに先だつ行によって準備されている。

音は聞こえなかったが
いや、聞こえるはずもないのだが

これは単なる事実の説明のようであって、そうではない。「慣用句」に溺れていく意識を、ぐいと押しとどめる。「いや、聞こえるはずもないのだが」としっかり事実を言う。そのまっとうさが愛敬の「慣用句」の感覚を洗い流す。そして、

やって来た

という行が動きだす。いいなあ。

*

松岡政則『あるくことば』は一休みして、愛敬浩一「冬の始まり」について。
「重なる」ということばについて書いていたとき、ふと、思い出したのである。どこかで、「重なる」と通じることばを読んだことがあるぞ、と。
何だったか思い出せないが、不思議なことに本を開くと、そういうページ、そのことばはふいに目の中に飛びこんでくる。「頭」が覚えているのではなく「目」が覚えている。手に取った本の厚み（重さ）とか感触が、そういうものを引き寄せてくれる。ことばにならなかったことがばが、急に動き始める。
「冬の始まり」は、こう始まる。

スティーブン・キングは言っている
「われわれは、現実の恐怖と折り合っていくための
　一助となるべく
ホラーを生産しているのだ」と。
そうだ
私が未だ詩などを書いているのも
確かに「現実の恐怖と折り合っていくため」かもし
　れない。

繰り返される「折り合う」という動詞が、松岡の書いている「重なる」と通い合う。「折り合う」というの

は「折って、合わせる」であり、この「合わせる」と「重なる」はほとんど同じだ。「折って、重ねる」。ただ「重ねる」のではなく、「折って」がある方が妙に「肉体」を刺戟する。おもしろい。「折る」というのは、何かしらの「無理」がある。そのままではなく「折って」、重ねる。「折る」方に、無理というか、工夫というか、相手に合わせるような力が働いている。

では、この「折って、合わせる」（折り合う）というのは、具体的にはどういうことか。愛敬は、詩の中で「何を」折って、「何に」合わせようとしているのか。これはなかなか説明がむずかしいのだが。

詩は、こうつづいている。

あの、震災の後の
あの数年前の
群馬の平野部でも大変だった、大雪の時
父はまだ生きていた。
あの日
後にも先にも
群馬の平野部では
あんな大雪を見たこともなかった。
それでも
あの大雪を共に体験できたのは
良かったのかもしれない。
いやいや、もっと禍々しい物語が必要だ。
あの大雪には何か秘密がなかったか
雪の重さで
実家の
裏の物置が傾いたのには
何か別の意味がなかったか。

父の死と大雪を重ね合わせようとしている。もちろん、父の死と大雪というのは完全に別なものである。そういうものが重なるわけがない。だから、重ねるために、何かを「折る」のだ。

何かって、何？

わからないけれどね。

「禍々しい物語」か。大雪を、冬の現象ではなく、違うものとしてとらえる。大雪の物語をつくりだす。その物語のなかにあるものを「折って」、父の死の方に「合わせる」。

こういうことって、「論理的（科学的？）」にはできないことなのだけれど、「心情」というのは論理でも科学でもないからね。

倒れた日の午前中にも、車を運転していたという父
いやいや、父は死んだ後でも運転すべきだった
職場から病院へ駆けつけた私に
「もうダメかもしれないって」と言った母の顔が
まったく別の恐怖に変わるように

あ、ここに「恐怖」が出てくる。

父が死ぬかもしれない。それは母にとっては、夫が死ぬという「現実の恐怖」である。それを受け入れる（それと折り合いをつける）というのはむずかしい。母親は、自分の恐怖を「折って」しまって、消してしまわないといけない。「死」が恐怖なのではなく、「死んでしまうかもしれない」が恐怖である。その気持ちがあるあいだは、父は死ねない。逆に言うと、父が生きているあいだは、母は夫は死ぬかもしれないという恐怖と向き合い続けている。恐怖が父を生かしている。というと、言いすぎになるが、何か、切り離せない力で「死ぬかもしれない（恐怖）」と「まだ生きている」がつながっている。これを「折って」、たたききらないことには「死」はやってこない。

うーむ。

「もうダメかもしれないって」と言った母の顔が
まったく別の恐怖に変わるように
その時こそ
死んだ父が起き上がって
また、大雪を降らせ

我々を恐怖のどん底におとしいれても良かった。

まあ、こういうことは起きない。
で、「折り合い」がついたのか、つかないのか、わからないまま、父は死ぬ。
そして。

三回忌も済んだのに
ごく普通に死んだだけなのに
身近な者が死ぬことが
こんなにも重く
いつまでも終わることもなく
いつまでも、いつまでも
腹の奥底の方で
疼くような
痛みが続き
ホラーよりもキツイなんて

考えもしなかった。
ああ、そうか
それが「冬の始まり」ということだったのか。

愛敬は、彼自身の「折り合い」をつけようとしている(母親は折り合いがついたかどうかわからないが)。大雪と父の死を結びつける。大雪を思い出すということで、父の死を記憶するということで、「折り合う」のである。「折り合う」ということは、その時を「忘れない」(覚えておく)と言いなおされている。

これは、父の死と雪の日を「重ねる」ということでもある。でも愛敬は「重ねる」ではなく「折り合う」ということばを選んでいる。この微妙な違い、「折り合う」ということばをつかいたいというところに、愛敬の「肉体」が出ている。

「折り合って」、そのあとどうなったか。恐怖は消え、かわりに「疼き」と「痛み」がやってきた。愛敬は「腹の奥底」と書いているが、それは「肉体」そのものに刻みこまれる。そういう「肉体の犠牲」が「自己を折る」ということであり、それによって死は現実として受け止められていく。「肉体」のなかで共存する。

　これ以上は、説明できない。私のことばは動いていかない。ただ、ここまで書いてきて、松岡と愛敬は、「肉体」そのものとして違った存在として生きているという「手触り」（手応え？）のようなものが、私の「肉体」のなかに残る。愛敬と松岡がたとえ同じことを書いているのだとしても、私の「肉体」には別々の「肉体」として残る。「重なる」と「折り合う」というふたつの動詞として、残る。

「折る」というのは印をつけることでもある。枝折りは山歩きのとき道に迷わないように歩いたところにある枝を折って目印にする。私は本を読みながら、ページの角を折る（ドッグイヤーをつくる）。それはやっぱり覚えておくためのものである。ドッグイヤーの場合は、枝折りと違って、紙を「折り合わせる」ということでもある。あ、こういうことは愛敬の詩とは関係ないことなのだが。

　でも、関係ないからこそ、実はほんとうは関係している。

「肉体」の動きというのは、無意識のうちに「肉体」のなかに何かを積み重ねる。それが「動詞」のなかに反映している。それを感じるとき、私は「思想」に触れた気持ちになる。

＊　以上の文章は、「詩はどこにあるか（谷内修三の読書日記）」から執筆者のご承諾を得て、抽出し、転載させていただきました。

愛敬浩一年譜

一九五二年（昭和二十七年）　当歳
五月三十日　群馬県吾妻郡原町生。

一九七一年（昭和四十六年）　十九歳
三月　群馬県立渋川高等学校卒業。

一九七六年（昭和五十一年）　二十四歳
三月　和光大学人文学部文学科卒業。

一九七八年（昭和五十三年）　二十六歳
三月　和光大学人文学専攻科修了。
四月　日出学園中高部教諭。後、高等学校教諭。

一九七九年（昭和五十四年）　二十七歳
二月　同人誌「群狼」一二号（戸石泰一追悼特集号）に、「小説『火と雪の森』について」を掲載。
三月　和光大学「人文学部紀要」一三号に「閑吟集の〈構成〉について─雅俗の拮抗─」を掲載。

一九八二年（昭和五十七年）　三十歳
九月　第一詩集『回避するために』（玄冬社）刊行。

一九八四年（昭和五十九年）　三十二歳
十一月　第一回早稲田文学新人賞候補（評論）。

一九八五年（昭和六十年）　三十三歳
四月二十八日　光芒の会　第七回詩の祝祭にて、「荒川洋治と三田誠広」を講演。
八月　詩誌「詩的現代」第二三号から、詩的現代の会（第一次）へ参加。
九月　第二詩集『長征』（紫陽社）刊行。

一九八六年（昭和六十一年）　三十四歳

七月　詩誌「イエローブック」第九号から同人参加。同人は、石毛拓郎、川岸則夫、村嶋正浩、永井孝史、根石吉久、萩原健次郎、愛敬浩一。
八月　詩誌「ＧＥＬ」創刊。創刊同人は、田中勲、萩原健次郎、愛敬浩一。後、萩原健次郎が脱退し、新たに野村喜和夫、森原智子が参加。
十月　第三詩集『遊女濃安都』（紫陽社）刊行。
十一月　第四詩集『しらすおろし』（ゲンキ出版）刊行。

一九八七年（昭和六十二年）　三十五歳
四月　詩誌「詩学」四月号の座談会に出席。出席者は、大橋政人、大西隆志、川岸則夫（司会）、須永紀子、萩原健次郎、愛敬浩一。
五月　詩誌「詩的現代」第三〇号にて終刊（第一次）。終刊時の編集委員は、鈴木比佐雄、佐藤榮市、野村喜和夫、愛敬浩一。

一九八八年（昭和六十三年）　三十六歳
三月　日出学園高等学校退職
七月　第五詩集『危草』（ワニ・プロダクション）刊行。

一九八九年（昭和六十四年・平成元年）　三十七歳
四月　群馬ゼミナール高崎校専任講師。（翌年から、東京・高円寺の中央ゼミナール講師を兼任）。

一九九〇年（平成二年）　三十八歳
十月　詩誌「イエローブック」第二六号で終刊。

一九九二年（平成四年）　四十歳
三月　群馬ゼミナール退職。
四月　高崎商科大学附属高等学校教諭。

一九九三年（平成五年）　四十一歳
十月　詩誌「ＧＥＬ」終刊。

一九九四年（平成六年）　四十二歳

一月　第六詩集『骨の骨、肉の肉』（紙鳶社）刊行。

一九九七年（平成九年）　四十五歳

七月二十八日から八月十八日まで、アメリカのワシントン州シアトル市近郊のベイリンガムにて、ホームステイ高校生の引率。

一九九八年（平成十年）　四十六歳

五月　評論集『喩の変貌　詩的八〇年代のために』（ワニ・プロダクション）刊行。

六月　土屋文明記念文学館編『群馬の作家たち』（塙新書）で、分担執筆。

一九九九年（平成十一年）　四十七歳

八月　第七詩集『クーラー』（ワニ・プロダクション）刊行。

十月十日から二十三日まで、「海外教育事情視察」のため、イギリス、ドイツ、スイス、イギリス、フランスへ研修旅行。

二〇〇一年（平成十三年）　四十九歳

三月　詩誌「詩学」三月号より〈詩誌選評〉執筆。翌年、三月号まで連載。

四月　日本私学教育研究所客員研究員（平成十五年度までの三年間、兼任）。

二〇〇二年（平成十四年）　五十歳

六月　評論集『詩を噛む』（詩学社）刊行。

六月十四日　上毛新聞「〝幻の詩〟見つかる」の記事。岡田刀水士の詩十五篇、清水房之丞の詩三十三篇を発見し、群馬県高校教育研究国語部会誌「上毛国語」に発表。

八月　小山和郎の個人誌「帮」六号に「昭和四十六年の戸石泰一」を掲載。

十一月　評論集『詩を噛む』によって、群馬県文学賞受賞。

二〇〇三年（平成十五年）　五十一歳

七月　『富岡啓二詩集　牧神の午後によせて』（紙鳶社）で、解説として「青春の切迫性」を執筆。

十一月　評論集『現代詩における大橋政人』（東国叢書）刊行。

二〇〇六年（平成十八年）　五十四歳

四月　第八詩集『夏が過ぎるまで』（砂子屋書房）刊行。

九月　詩集『夏が過ぎるまで』によって、第八回小野十三郎賞候補。

十一月十二日　群馬県立土屋文明記念文学館にて、「岡田刀水士の初期詩篇」を講演。

二〇〇九年（平成二十一年）　五十七歳

十一月二十九日　境図書館にて、「伊勢崎の詩人たち」を講演。

二〇一〇年（平成二十二年）　五十八歳

十二月　『ふるさとを見つめる　群馬の詩歌句』（みやま文庫）で、分担執筆。

二〇一一年（平成二十三年）　五十九歳

六月　群馬県文学賞選考委員（現在まで）。

二〇一二年（平成二十四年）　六十歳

五月　詩誌「詩的現代」（第二次）創刊。

二〇一三年（平成二十五年）　六十一歳

一月十七日　萩原朔太郎研究会にて、「萩原朔太郎／『青猫』／岡田刀水士」を講演。

三月　評論集『影と飛沫』（詩的現代叢書）刊行。

十月　評論集『岡田刀水士と清水房之丞』（詩的現代叢書）刊行。

二〇一四年（平成二十六年）　六十二歳

四月六日　高崎現代詩の会にて、「贋・詩的自叙伝」を講演。
四月二十七日　大手拓次〝薔薇忌〟にて、「訳詩というレッスン」を講演。
九月　評論集『群馬県における近・現代詩』（詩的現代叢書）刊行。

二〇一五年（平成二十七年）　六十三歳
六月　第九詩集『母の魔法』（詩的現代叢書）刊行。
十一月　評論集『詩のふちで』（詩的現代叢書）刊行。

二〇一七年（平成二十九年）　六十五歳
九月　評論集『贋・詩的自叙伝』（詩的現代叢書）刊行。

二〇一八年（平成三十年）　六十六歳
三月　高崎商科大学附属高等学校退職。
四月一日　高崎〝あすなろ忌〟にて、「岡田刀水士晩年の二詩集」を講演。

四月　第十詩集『それは阿Qだと石毛拓郎が言う』（詩的現代叢書）刊行。

二〇一九年（平成三十一年・令和元年）　六十七歳
一月十五日付の「上毛新聞」にて、〈新春特別対談〉。詩と音楽との接点について、群馬大学教授で作曲家の西田直嗣氏と語り合った。
四月　自選詩集『真昼に』（詩的現代叢書）刊行。
五月二十七日　「山梨日日新聞」で、旧作の詩「つむる」が〈各地の詩壇から〉というコーナーで紹介され、掲載される。
七月　書き下ろし詩集『赤城のすそ野で、相沢忠洋はそれを発見する』（詩的現代叢書）刊行。
九月　詩誌「詩と思想」九月号の座談会に出席。出席者は甲田四郎、谷口典子、青山いさお（司会）、愛敬浩一。

新・日本現代詩文庫149　愛敬浩一詩集

発　行　二〇二〇年四月三十日　初版

著　者　愛敬浩一
装　丁　森本良成
発行者　高木祐子
発行所　土曜美術社出版販売
〒162-0813　東京都新宿区東五軒町三―一〇
電　話　〇三―五二二九―〇七三〇
ＦＡＸ　〇三―五二二九―〇七三二
振　替　〇〇一六〇―九―七五六九〇九
印刷・製本　モリモト印刷
ISBN978-4-8120-2561-1　C0192

新・日本現代詩文庫

土曜美術社出版販売

- 1 中原道夫詩集
- 2 坂本明子詩集
- 3 高橋英司詩集
- 4 前原正治詩集
- 5 三田洋詩集
- 6 本多寿詩集
- 7 小島禄琅詩集
- 8 新編菊田守詩集
- 9 出海溪也詩集
- 10 柴崎聰詩集
- 11 相馬大詩集
- 12 桜井哲夫詩集
- 13 新編島田陽子詩集
- 14 新編真壁仁詩集
- 15 南邦和詩集
- 16 星雅彦詩集
- 17 井之川巨詩集
- 18 新々木島始詩集
- 19 小川アンナ詩集
- 20 新編井口克己詩集
- 21 新編滝口雅子詩集
- 22 谷　敬詩集
- 23 福井久子詩集
- 24 森ちふく詩集
- 25 しま・ようこ詩集
- 26 腰原哲朗詩集
- 27 金光洋一郎詩集
- 28 松田幸雄詩集
- 29 谷口謙詩集
- 30 和田文雄詩集
- 31 新編高田敏子詩集
- 32 皆木信昭詩集
- 33 千葉龍詩集
- 34 新編佐久間隆史詩集
- 35 長津功三良詩集
- 36 鈴木亨詩集
- 37 埋田昇二詩集
- 38 川村慶子詩集
- 39 新編大井康暢詩集
- 40 米田栄作詩集
- 41 池田瑛子詩集
- 42 遠藤恒吉詩集
- 43 五喜田正巳詩集
- 44 森常治詩集
- 45 和田英子詩集
- 46 伊勢田史郎詩集
- 47 鈴木満詩集
- 48 曽根ヨシ詩集
- 49 成田敦詩集
- 50 ワシオ・トシヒコ詩集
- 51 高田太郎詩集
- 52 大塚欽一詩集
- 53 香川紘子詩集
- 54 井元霧彦詩集
- 55 高橋次夫詩集
- 56 上手宰詩集
- 57 網谷厚子詩集
- 58 門田照子詩集
- 59 水野ひかる詩集
- 60 丸本明子詩集
- 61 村永美和子詩集
- 62 藤坂信子詩集
- 63 門林岩雄詩集
- 64 新編原民喜詩集
- 65 新編濱口國雄詩集
- 66 日塔聰詩集
- 67 武田弘子詩集
- 68 大石規子詩集
- 69 吉川仁詩集
- 70 尾世川正明詩集
- 71 岡隆夫詩集
- 72 野仲美弥子詩集
- 73 葛西洌詩集
- 74 只松千恵子詩集
- 75 鈴木哲雄詩集
- 76 桜井さざえ詩集
- 77 森野満之詩集
- 78 坂本つや子詩集
- 79 川原よしひさ詩集
- 80 前田新詩集
- 81 石黒忠詩集
- 82 壺阪輝代詩集
- 83 若山紀子詩集
- 84 香山雅代詩集
- 85 古田豊治詩集
- 86 福原恒雄詩集
- 87 黛元男詩集
- 88 山下静男詩集
- 89 赤松徳治詩集
- 90 梶原禮之詩集
- 91 前川幸雄詩集
- 92 なべくらますみ詩集
- 93 津金充詩集
- 94 中村泰三詩集
- 95 和田攻詩集
- 96 藤井雅人詩集
- 97 馬場晴世詩集
- 98 鈴木孝詩集
- 99 久宗睦子詩集
- 100 水野るり子詩集
- 101 岡三沙子詩集
- 102 星野元一詩集
- 103 清水茂詩集
- 104 山本美代子詩集
- 105 武西良和詩集
- 106 竹川弘太郎詩集
- 107 酒井力詩集
- 108 一色真理詩集
- 109 郷原宏詩集
- 110 永井ますみ詩集
- 111 阿部堅磐詩集
- 112 新編石原武詩集
- 113 長島三芳詩集
- 114 柏木恵美子詩集
- 115 近江正人詩集
- 116 名古きよえ詩集
- 117 新編石川逸子詩集
- 118 佐藤真里子詩集
- 119 河井洋詩集
- 120 戸井みちお詩集
- 121 金堀則夫詩集
- 122 三好豊一郎詩集
- 123 古屋久昭詩集
- 124 佐藤正子詩集
- 125 川端進詩集
- 126 桜井滋人詩集
- 127 葵生川玲詩集
- 128 今泉協子詩集
- 129 柳内やすこ詩集
- 130 新編甲田四郎詩集
- 131 大貫喜也詩集
- 132 今井文世詩集
- 133 中山直子詩集
- 134 林嗣夫詩集
- 135 柳生じゅん子詩集
- 136 原圭治詩集
- 137 森田進詩集
- 138 水崎野里子詩集
- 139 比留間美代子詩集
- 140 内藤喜美子詩集
- 141 小林登茂子詩集　解説　高橋次夫・中村不二夫
- 142 万里小路譲詩集　解説　近江正人・青木由弥子
- 143 稲木信夫詩集　解説　広部英一・岡崎純
- 144 清水榮一詩集　解説　高橋次夫・北岡淳子
- 145 細野豊詩集　解説　北岡淳子・下川敬明・アンバル・パスト
- 146 川中子義勝詩集　解説　中村不二夫
- 147 山岸哲夫詩集　解説　井坂洋子・藤本真理子・苗村吉昭・武田肇
- 148 天野英詩集　解説　小川英晴
- 149 愛敬浩一詩集　解説　村嶋正浩・川島洋・谷内修三

〈以下続刊〉

- 山田清吉詩集　解説　松永伍一・広部英一・金田久璋
- 丹野文夫詩集　解説　〈未定〉

◆定価（本体1400円+税）